톰 봄바딜의 모험

톰 봄바딜의 모험과

붉은책의 다른 시들

J.R.R. 톨킨 지음

크리스티나 스컬·웨인 G. 해먼드 엮음

폴린 베인스 그림

이미애 옮김

arte

일러두기

1. 이 책은 2014년에 출간된 『톰 봄바딜의 모험』을 우리말로 옮긴 것이다.

2. 외국 인명·지명·독음 등은 외래어표기법을 따르되, 레젠다리움 세계관과 관련된 용어의 경우 톨킨 번역 지침에 기반하여 역어를 결정했으며, 고유명사임을 나타내기 위해 의도적으로 띄어 쓰기 없이 표기하였다.

3. 편명은 「」로, 책 제목은 『』로, 미술품명, 공연명, 매체명은 ◇로 묶어 표기하였다. 또한 원문 체제에 맞춰 [ ]와 ( )를 구분하여 사용하였다.

4. 해설에서 원문을 뜻풀이하는 경우 원문을 먼저 쓰고 괄호 안에 해당하는 번역어를 병기하였다. 그 밖의 경우 원문을 병기할 때 번역문을 먼저 쓰고 원문을 작게 병기하였다.

5. 기출간 톨킨 문학선 도서를 인용한 경우 번역문을 일치하고 번역서 쪽수를 적었다. 그 밖의 도서는 원서 쪽수이다. 출간 연도는 모두 원서의 출간 연도이다. 『J.R.R. 톨킨의 편지들』(근간)의 경우 쪽수 표기를 편지 번호로 대체하였다.

차례

서문

『반지의 제왕』 제1부에서 프로도와 샘, 메리와 피핀은 묵은숲을 지나다가 심술궂은 버드나무 영감의 공격을 받는다. 다행히 그들은 톰 봄바딜에게 구출된다. 그는 "웬 사람의 모습"의 인물로 알쏭달쏭한 노래를 부르고 "높은 꼭대기에 기다랗고 파란 깃털이 달린 낡아 빠진 모자"를 쓰고 있다. "두툼한 다리를 감싼 커다랗고 노란 목 긴 구두로 힘차게 발을 구르며 […] 그는 푸른 외투를 입었고 긴 갈색 수염과 밝고 푸른 눈동자를 지녔으며 얼굴은 익은 사과처럼 빨갰다. 웃을 때는 얼굴이 온통 주름투성이가 되었다."(제1권 6장) 그는 호빗들을 구해 줬지만 동시에 수수께끼를 안겨 주었다. 프로도가 금딸기에게 "톰 봄바딜은 누구죠?"라고 묻자 그녀는 그저 "톰 봄바딜이죠He is"라고 대답한다.

그 순간 호빗들의 조랑말을 돌보며 부르는 그의 노랫소리
가 들린다.

> 늙은 톰 봄바딜은 유쾌한 친구,
> 윗도리는 하늘색, 구두는 노란색.

프로도가 더욱 '궁금해져' 그녀를 바라보자 그녀는 덧붙여
말한다. "그분은 여러분들이 본 바로 그대로예요. 숲과 물
과 산의 주인이시죠." 나중에 프로도가 톰에게 직접 "어르
신, 당신은 누구십니까?"라고 묻자 "내 이름을 아직도 모르
는가? 그것이 내가 해 줄 수 있는 유일한 대답일세"라고 그
는 대답한다. 하지만 더욱 광범위한 신화, 『반지의 제왕』의
기저를 이루는 '가운데땅의 상황'을 언급하며 자세히 설명
하기도 한다. "톰은 강과 나무들이 있기 전에 여기 이 자리
에 있었다네. 최초의 빗방울과 최초의 도토리를 기억하지.
그는 큰사람[인간과 요정]이 태어나기 이전에 길을 닦았고
작은사람들[호빗]이 도착하는 것도 보았네. 그는 제왕들과
무덤과 고분악령들보다 먼저 여기에 있었고, 바다가 휘어
지기 전 요정들이 서녘으로 이동할 때도 여기 있었네."(제

8

1권 7장)

『반지의 제왕』의 독자 피터 헤이스팅스는 금딸기의 "톰 봄바딜이죠He is"라는 말에 톰 봄바딜이 신이라는 의미가 함축되어 있다고 생각했지만 톨킨은 그 의견에 동의하지 않았다. "금딸기와 톰은 **이름**의 신비를 언급합니다. […] "톰 봄바딜은 무엇입니까"라고 묻지 않고 "그는 누구입니까"라고 묻습니다. 우리도 그렇고 그도 의심할 바 없이 종종 부주의하게 그 질문을 혼동합니다. 내 생각에 금딸기는 정확한 답을 제공합니다. 우리는 '나는 존재하는 자이다I am that am'[출애굽기 3장 14절에서 하느님이 모세에게 한 말]의 지고한 의미를 파고들 필요가 없습니다. 그 말은 '톰 봄바딜이죠He is'와 전혀 다르지요. 대신에 그녀는 그 '무엇'의 속성에 대한 진술을 덧붙입니다."(『J.R.R. 톨킨의 편지들』, 1981년, 153번 편지) 톨킨의 독자들은 톰에 관한 많은 이론을 제기했지만 합의를 이루지 못했다. 이 이론들은 『반지의 제왕: 독자를 위한 안내서』(2005)에 소개되어 있으므로 여기서는 반복하지 않겠다. 『반지의 제왕』에서 이야기가 전개되면서 우리는 톰 봄바딜에 대해 더 많이 알게 되지만 결국 그는 어느 범주에도 말끔하게 들어맞지 않는다. 그는 또

9

한 『호빗』과 포괄적으로 '실마릴리온'으로 지칭되는 예전 시절의 '전설들'을 아우르는 톨킨의 개인적 신화에 확고히 자리 잡은 지적 존재들의 어느 범주에도 속하지 않는다. 그를 만들어 낸 창조자 자신도 그 답을 갖고 있지 않을 때, 톰 봄바딜이 누구(혹은 어떤 사람)인가라는 질문에 대한 명확한 답은 있을 수 없다. 톨킨은 어느 독자에게 톰의 기원을 알지 못한다고 말했다. 원하면 '추측'을 할 수 있지만 톰을 수수께끼 같은 존재로 남겨 두는 편을 선호했다. 다른 독자에게는 『반지의 제왕』 세계의 어떤 것들은 설명되지 않아야 한다고 말했다. "늘 그렇듯이 신화적인 시대에도 수수께끼가 있기 마련이지요. 그런 (의도적인) 수수께끼 중 하나는 톰 봄바딜입니다."(『편지들』, 144번 편지) 그리고 피터 헤이스팅스에게 이렇게 썼다. "저는 톰에 대해 철학적으로 논의할 필요가 있다고 생각하지 않고, 그렇게 논의한다고 나아지지도 않습니다. 그런데 많은 사람들이 그를 기묘하거나 실로 조화를 이루지 못하는 구성 요소로 생각했지요."(『편지들』, 153번 편지)

이 마지막 주장은 톰 봄바딜이 『반지의 제왕』의 구상 이전에 허구로 존재했다는 사실로 설명할 수 있다. 처음에 그것은 톨킨 자녀들의 '네덜란드 인형'—나무못을 끼워 맞춘 장난감—에 붙은 이름이었고, 그 인형의 모습은 『반지의 제왕』에서 묘사된 톰과 똑같았다. 그리고 톨킨은 이를테면 『로버랜덤』에 영감을 주었던 작은 납 인형 개와 『블리스 씨』에 등장하는 곰인형들처럼 집안의 장난감들로 이야기를 만들었듯이 톰 봄바딜로도 이야기를 만들었다. 감질나게도 짧은 이런 이야기 중 한 편이 옥스퍼드대학교 보들리언 도서관에 남아 있고 이 책에 부록으로 실려 있다.

1931년경에 톨킨은 톰을 소재로 시를 썼고, 이 시에서 지금은 친숙한 톰 봄바딜뿐 아니라 『반지의 제왕』에 빠짐없이 등장할 금딸기와 버드나무 영감, 고분악령도 창조했다. 이 시는 1934년 2월 15일 자 《옥스퍼드 매거진》에 「톰 봄바딜의 모험」으로 발표되었고, 이 책에 수록되어 있다. 1937년 후반에 톨킨은 당시 출판된 『호빗』이 인기를 누리자 속편에 대한 요청을 받았지만, 처음에 속편의 소재를 생각할 수 없었을 때 이 시를 다시 떠올리게 되었고 출판사에 편지를 보냈다. "(비슷하더라도) 새로운 방향으로 나아갈 수 있을까요? 톰 봄바딜, (사라져 가는) 옥스퍼드와 버크셔 시골[톨킨이 성인이 되어 대부분 살아온 지역]의 정신이 이야

11

기의 영웅이 될 수 있다고 생각하십니까? 아니면 그는, 제가 짐작하듯이, [《옥스퍼드 매거진》의] 밀폐된 시 속에 완전히 안치된 것일까요? 그래도 그 초상화를 확대할 수 있겠지요."(『편지들』, 19번 편지) 결국 톨킨은 새 이야기의 초점을 『호빗』에 맞추었지만 일찌감치 톰을 포함시켰고, "저는 이미 그를 독자적으로 '만들었고' […] '모험'이 계속되기를 바랐기 때문"(『편지들』, 153번 편지)이었다고 피터 헤이스팅스에게 썼다. 그가 『반지의 제왕』에서 그려 낸 톰의 '초상화'는 실로 확대되었지만 이야기에 맞추기 위해 변형되기도 했다. 그 이야기는 톰 자신과 마찬가지로 전개되면서 커졌고 대단히 복잡해졌다.

톨킨의 이모인 제인 니브는 톰 봄바딜에 매력을 느껴 1961년 10월 초에 톨킨에게 "톰 봄바딜이 중심을 차지하는 작은 책, 우리 같은 늙은 사람들도 크리스마스 선물로 살 수 있을 책을 낼 생각이 없는지"(험프리 카펜터, 『J.R.R. 톨킨 전기』, 1977년, 244쪽에서 인용)를 물어보았다. 톨킨은 그 요청에 대해 "좋은 생각인 듯한데, 제가 그[톰]에 관해 더 쓰고 싶다는 의미는 아닙니다. 하지만 (『반지의 제왕』이 나오기 한참 전에 《옥스퍼드 매거진》에 실렸던) 원래 시는 폴린 베인스가 각 연을 삽화로 꾸며서 마음에 들어 하실 작고 예쁜 소책자로 만들 수 있을 것 같습니다."(1961년 10월 4일, 『편지들』, 231번 편지)라고 대답했다. 베인스의 그림은 1949년에 발간된 『햄의 농부 가일스』와 그즈음에 퍼핀 북스에서 발간한 『호빗』의 표지를 아름답게 장식한 바 있었다. 10월 11일에 톨킨은 조지 앨런 앤드 언윈 출판사의 레이너 언윈에게 이런 생각을 전하고, '봄바딜' 시가 '매우 그림 같은' 시이므로 만일 폴린 베인스에게 "그 시의 삽화를 그려 달라고 설득할 수 있다면 잘 어울릴 걸세"(톨킨─조지 앨런 앤드 언윈 보관소, 하퍼 콜린스, 이하 'A&U 문서'로 표기함. 스컬 & 해먼드, 『J.R.R. 톨킨 안내서와 길잡이: 연대기』, 2006년, 579쪽)라고 썼다.

언윈은 이 제안에 동의했지만, 판매에 적절한 분량의 시집을 구성하기 위해 이 시집에 어울리는 다른 시들을 모아 달라고 부탁했다. 톨킨은 베아트릭스 포터의 『피터 래빗 이야기』 같은 작은 책을 염두에 두었다. 그럼에도 불구하고 11월 15일까지 "시간이 허락하는 한 찾아보았고, 아마도 빛을 볼 수 있거나 (약간 정리하면) 다시 발표할 수 있을 시들의 사본을 만들었네만 그 수확은 풍부하지 않았네. 한 가

13

지 이유를 들자면 톰 봄바딜과 실로 어울리는 것이 많지 않기 때문이었지"라고 언윈에게 썼다. 이렇게 모은 시 중에 「방랑」과 「달나라 사람이 너무 일찍 내려왔다네」는 "함께 어우러질 수 있겠지." 이어서 "다른 시들에 관해" 언급하면서 「페리 더 윙클」, 「바다의 종」, 「보물 창고」, 「용의 방문」에 대해서 "나는 전혀 확신이 들지 않네. 이 시들이 각자 단독으로 또는 연속적으로 제시되는 데 장점이 있는지도 모르겠네"(『편지들』, 233번 편지)라고 썼다.

또한 11월 15일에 제인 니브에게 편지를 쓰면서 톨킨은 잘 알려지지 않은 곳에 발표했던 시들을 '그러모으고' '새로 꾸몄다'고 언급했고 그중 몇 편을 그녀에게 보냈다. 또한 『반지의 제왕』에 포함되었던 「헤이 디들」 노래와 「트롤은 홀로 앉아 있었네」(「달나라 사람이 너무 오래 머물렀다네」와 「돌 트롤」)를 언급했다(2003년 12월 2일 크리스티 경매 목록 25쪽에서 인용). 일주일 뒤에 그는 다시 제인 이모에게 "반쯤 잊혔던 이 오래된 시들을 파내고 문질러 닦으며 무척 즐거웠어요. 그 밖에도 예전에 이렇게 했어야 할 더 단조로운 시들이 있어서 더 즐거웠지요. 어떻든 이모님은 이 시들의 독자가 되어 주셨지요. 유감이지만 인쇄된 책은 나

올 것 같지 않습니다"(11월 22일, 『편지들』, 234번 편지)라고
편지에 적고는 또 다른 시 「공주 미」의 사본을 보냈다.

레이너 언윈은 톨킨이 보낸 시들의 사본을 폴린 베인스
에게 보냈고, 톨킨도 11월 23일에 그녀에게 편지를 썼다.
베인스는 두 편지에 긍정적인 답장을 보냈다. 그녀는 그 시
들이 꿈같이 모호하고, 보이기보다는 느껴지는 시라고 생
각했지만, 톨킨은 "당신에게 보낸 시들은 (가장 보잘것없고
실은 시집에 포함하고 싶지 않았던 「바다의 종」을 제외하면) 매
우 명확하고 분명하며 정밀한 그림들로 구상했던 것이고—
환상적이거나 터무니없이 보일지 모르지만 꿈같이 모호하
지는 않습니다!"(12월 6일, 『편지들』, 235번 편지)라고 그녀에
게 말했다. 12월 8일에 톨킨은 언윈에게 보낸 편지에서 베
인스는 "생생하고 실감 나는 그림을 그리면서 동시에 유연
하고 정교한 선으로 대체로 즐거운 판타지의 분위기를 가
미하는 뛰어난 재능을 갖고 있네. 그러나 나는 시들이 모두
매우 상이하다는 [그에게 보낸 편지에서 밝힌] 그녀의 생각
에 진심으로 동의하고, 그 시들을 함께 묶는 것에 대해 약
간 의혹을 느낀다네. 「바다의 종」이라는 제목이 붙은 더 모
호하고 더 주관적이며 가장 못 쓴 시는 어떻든 빠져야 한다

는 생각이 드는군"(A&U 문서; 『연대기』, 582쪽)이라고 썼다.

오래지 않아 톨킨은 자신이 제안한 시 모음집이 계획했던 바와 달라졌음을 알게 되었다. 그것은 이미 존재하는 시 한 편을 다시 인쇄하는, 작가보다 삽화가에게 더 부담스러운 작은 책이 아니었다. 이제 "「톰 봄바딜」과 「방랑」에 어울릴 다른 시들을 찾아내고, 닦아 내고, 혹은 다시 쓰려면 상당한 작업이 필요하네. […]" 또한 톨킨은 자신의 시에 대해 여전히 "매우 불확실한" 느낌이었고, "실제로는 사적인 취미였던 것에 대한 자신의 판단이나 평가에 대해 의혹을 느끼네."(12월 14일, A&U 문서; 『연대기』, 582) 하지만 언원의 권유에 그는 "예전에 써 두었던 시들"을 "그러모았고" "완전히 개작해서 사용할 수 있을" 몇 편을 찾아서 그중 네 편을 출판사에 보냈다. 「피리엘」(후의 「마지막 배」), 「그림자 신부」, 「문을 두드리며」(후의 「퓰립」), 「코르티리온의 나무들」이었다. 「피리엘」은 "그 자체로 좋은 시인지 나쁜 시인지의 문제와 별도로" 그가 그때까지 보낸 다른 시들과 어울릴 거라고 생각했다. 그러나 "「나무들」은 너무 길고 야심적이어서, 꽤 괜찮은 시로 여겨지더라도 아마 균형을 뒤엎을 걸세"(레이너 언원에게 보낸 편지, 1962년 2월 5일, A&U 문서; 『연대기』, 587~588쪽)라고 쓰면서 또한 아직 시가 더 필요하면 『반지의 제왕』에 나오는 한두 편, 가령 「올리폰트」와 「달나라 사람이 너무 늦게 머물렀네」(달리는조랑말 여관에서 프로도가 부른 노래)를 덧붙일 수 있다고 제안했다.

톨킨은 다른 문제들로 인해 심한 압박감을 느꼈고 쓰러진 아내의 건강 상태를 무척 우려하고 있었지만 레이너 언윈에게 1962년 4월 12일에 말했듯 할애할 수 있는 모든 시간을 그 시집에 쏟았다. 그럼에도 그 시들에 만족하지 않았고 사실 이렇게 말했다. "그 시들에 대한 자신감과 판단력을 모두 잃었고, 폴린 베인스가 그 시에서 영감을 얻지 못한다면 그것들이 '책'을 이루는 것을 상상할 수 없네. 그녀가 영감을 받기를 열렬히 바라지만, 영감을 받을 만한 이유는 알지 못하겠군. 몇 편은 그 나름대로 괜찮을 수 있고, 나는 개인적으로 모든 시에서 즐거움을 느끼지만 늙은 호빗은 쉽사리 즐거워하지." 하지만 그는 작품의 분위기에 완전히 몰입했고 그에 필요한 배경과 맥락을 제시했다.

몇 편에 대해서는 의혹을 품고 있으면서도 감히 제공하려는 이 다양한 시들은 사실 하나로 '모이지' 않는다

17

네. 단 하나의 고리가 있다면 이 시들이 『반지의 제왕』
과 대략 같은 시기에 샤이어에서 유래한다는 허구이지.
하지만 이 허구가 어떤 시에는 잘 들어맞지 않네. 그래
도 그 시들이 더 잘 어울리도록 많은 작업을 해 왔으므
로, 훨씬 나아지지는 않았더라도 심각하게 훼손되지 않
았기를 바라고 있다네. 보다시피 봄바딜에 관한 새로운
시[「봄바딜이 뱃놀이 가다」]를 썼는데, 예전의 시와 적절
히 어울리면 좋겠군. 그 시를 이해하려면 『반지의 제왕』
을 약간 알고 있어야 하지만 말이지. 어떻든 그 시는 톰
이 끼어든 『반지의 제왕』 세계에 그를 한층 더 '아우르
는' 역할을 한다네. [...]

열여섯 편의 시를 대강 빌보스러움, 샘 같음[골목쟁이
네 빌보와 감지네 샘이 '씀'], 알 수 없음 순으로 배열했
다네. 삽화와 장식을 계획하려면 어떤 순서가 필요할 테
니까. 하지만 이 순서에 집착하는 것은 아니라네. 배열
순서와 어떤 시에 대한 비평이나 거부도 순순히 받아들
일 마음이라네. 베인스 양은 원한다면 자기 작업에 적합
하도록 여러 가지를 재배열해도 좋네.

아마 일종의 '서문'이 필요하겠지. 동봉된 글은 그 목

적으로 쓴 것은 아니라네! 한두 가지 주장은 더 간단하게
제시할 수 있겠지. 그런데 내가 그 시들에 해 온 작업과
그 시들이 이제 가리키는 바를 우스꽝스러운 허구적 편
집 형태로 제시하는 편이 훨씬 쉽고 (내게) 훨씬 재미있
다는 것을 알았네. [A&U 문서;『편지들』, 237번 편지]

여기서 톨킨은 열여섯 편의 시를 언급하는데, 분명 최종적
으로 선정하여 출판된 시들이다. 1962년 2월 12일 이전에
그는 열두 편을 앨런 앤드 언윈 사에 보냈다. 「톰 봄바딜의
모험」, 「용의 방문」, 「방랑」, 「피리엘」(「마지막 배」), 「보물
창고」, 「문을 두드리며」(「뮬립」), 「달나라 사람이 너무 일찍
내려왔다네」, 「페리 더 윙클」, 「공주 미」, 「바다의 종」, 「그
림자 신부」, 「코르티리온의 나무들」이었다. 훨씬 오래전에
쓴 '실마릴리온' 시를 수정한 「코르티리온의 나무들」은 훗
날 『잃어버린 이야기들의 책 제1부』(1983)에 수록되었다.
J.R.R. 톨킨의 막내아들이자 유고 관리인인 크리스토퍼 톨
킨은 부친이 옛 시들을 '닦아 내는' 과정에 또 다른 초기 작
품 「그대와 나 그리고 잃어버린 극의 오두막」도 수정했다
고 추측했다.

레이너 언윈은 「코르티리온의 나무들」을 배제하는 데 동의했고, 「용의 방문」도 배제되었다. 소방대원의 습격을 받은 용을 묘사한 이 시는 호빗의 세계에 포함시키기 어려웠을 것이다. (《옥스퍼드 매거진》에 처음 발표된 「용의 방문」은 『주석 따라 읽는 호빗』, 1988년, 2002년에 다시 수록되었고, 수정된 형태로 『아동을 위한 겨울 이야기 1』, 1965년과 『젊은 마술사』 선집, 1969년에 실렸다.) 톨킨은 이 시집의 분량을 늘리기 위해 『반지의 제왕』에 나오는 시 세 편, 「달나라 사람이 너무 늦게 머물렀네」, 「올리폰트」, 「돌 트롤」을 더했고, 새로 쓴 「봄바딜이 뱃놀이 가다」와 손녀딸 조안나를 위해 1956년에 쓴 「고양이」, 그리고 예전에 쓴 작품을 수정한 '동물 우화' 시 「파스티토칼론」을 첨가했다. 최종적으로 배열하면서 가급적 유사한 시들을 묶었다. '봄바딜' 시 두 편에 이어 '요정' 시 두 편, 달나라 사람을 다룬 시 두 편, 트롤에 관한 시 두 편이 이어진다. 그리고 기묘한 인간에 대한 「뮬립」이 중간쯤 배열되고, 끝으로 '동물 우화' 시 세 편과 '분위기'와 감정을 묘사한 시 네 편이 배열된다.

레이너 언윈은 이처럼 선정된 시에 만족했고, 또한 이 시들이 『호빗』 및 『반지의 제왕』과 동일한 원전—『서끝말의

붉은책』—에서 발췌한 것이라는 톨킨의 '허구적 편집'을 좋
아해 이 시집을 1962년 크리스마스에 출간하기로 했다. 그
러고서 삽화를 그릴 폴린 베인스와 정식으로 계약을 맺었
지만 그녀는 6월 중순까지 시작할 수 없었다. 그림을 그리
려면 앨런 앤드 언원 출판사의 미술 감독인 로널드 임스와
협력해서 신중하게 계획을 세워야 했다. 어떤 것은 흑백 그
림이어야 하고, 어떤 그림에는 별색(주황색)을 추가하고, 추
가되는 색깔은 제작비 절감을 위해, 접지로 들어가는 전지
의 한쪽 면에만 인쇄되어야 했다. 베인스는 그림의 내용을
정하기 위해 톨킨의 생각을 알려 달라고 요청했지만 톨킨
은 그녀의 재량에 맡겼고, 다만 겉으로는 명랑하게 보이는
시들의 저류에 진지한 의미가 흐르고 있으므로 단순히 희
극적으로 받아들여서는 안 된다고 조언했다.

　8월 초에 베인스는 표지와 커버 그림을 포함한 첫 번째
삽화들을 전달했고, 8월 22일에 전면 크기의 삽화 여섯 장
을 완성했다. 앨런 앤드 언원 사는 다섯 장만 넣기로 했으
므로 톨킨에게 배제할 그림을 정해 달라고 부탁했다. "폴
린의 그림을 보면 첫눈에 넋을 잃게 된다네." 그는 레이너
언원에게 썼다. "하지만 그림이라는 측면뿐 아니라 삽화라

21

는 점에서도 고려해야 하지."(1962년 8월 29일, A&U 문서; 『연대기』, 596쪽) 그는 「고양이」와 「달나라 사람이 너무 늦게 내려왔네」의 큰 삽화들에 경탄했지만 각각 결함이 있다고 느꼈다. 하지만 그가 보기에 그 그림들보다도 「보물 창고」의 전면 크기 삽화를 배제할 이유가 있었다. 톨킨은 이 삽화에 묘사된 젊은 전사와, 동굴 입구를 바라보지 않고 머리를 다른 데로 돌린 채 누워 있는 용의 모습에 대해 비판했다. 결국에는 큰 삽화 여섯 장이 모두 수록되었고, 『봄바딜』 시집이 『시와 이야기』(1980)에 다시 수록되었을 때 베인스는 「보물 창고」 삽화(옆면)를 수정했다.

또한 베인스의 표지 그림을 교정쇄로 보았을 때 톨킨은 실망스럽다고 느꼈다. 책 전체를 감싼 도안으로서 그 그림은 앞표지에 「방랑」의 선원을, 뒤표지에 잠자는 톰 봄바딜을 특징적으로 묘사했고 땅과 바다, 하늘을 배경으로 많은 새들과 물고기, 다른 생물들을 집단적으로 그려 장식했다. "이런! 이제야 알게 되었습니다. […] 삽화로서, 특히 전체 제목에 적합한 삽화로서 이 그림이 뒤바뀌었어야 한다는 것을. 봄바딜은 앞면에 있어야 하고 항해를 떠나는 배는 왼쪽, 즉 서쪽으로 가야 합니다!"라고 톨킨은 로널드 임스에

게 썼다. 출판사에서 선택한 표지의 글자체, "그림 양식과 어울리지 않는" "두껍고 굵은 삐침이 있는" 활자체(1962년 9월 12일, A&U 문서; 『연대기』, 597쪽)도 불만족스러웠다. 그러나 앨런 앤드 언윈 사는 빠듯한 출간 계획에 따라 작업해 왔고 너무 늦은 시점이라 전혀 수정할 수 없었다.

『톰 봄바딜의 모험과 붉은책의 다른 시들』은 1962년 11월 22일에 출간되었다. 그때쯤 톨킨은 신간 견본을 받았고, 레이너 언윈은 「고양이」의 전면 크기 삽화가 「파스티토칼론」의 본문 안에, 그리고 그 시의 삽화 맞은편에 어색하게 들어갔다는 것을 알아차렸다. 두 그림을 두 색깔로 인쇄하려고 배치하면서 나온 실수였다. 언윈과 톨킨은 재판을 찍을 때 「고양이」와 「파스티토칼론」의 순서를 바꾸고 그림의 위치를 조정하는 데 동의했다. 앨런 앤드 언윈 사의 1962년 재판본에서 (미국 판본에서는 1963년 초판부터) 그것이 수정되었고 이후의 모든 판본은 이 순서를 따랐다.

톨킨은 조지 앨런 앤드 언윈 사의 회장 스탠리 언윈에게 11월 28일에 편지를 썼고 《타임스 문학 부록》과 《리스너》에 실린 『봄바딜』의 서평에 "기분 좋게 놀랐습니다"라고 말했다. "나는 훨씬 오만하게 선심을 쓰는 듯한 평가를 예상했습니다. 또한 그 논평가들 둘 다 재미를 기대하지 않고 시작했다가 자신들의 빅토리아 시대적 품위를 계속 이어 가지 못한 것 같아서 좀 재미있었지요."(『편지들』, 242번 편지) 1962년 11월 23일 자 《타임스 문학 부록》의 (앨프레드 더간의 글로 여겨진) 서평은 톨킨을 "새로운 통찰의 발견자라기보다는 언어의 장인이자 기발한 시인"이라고 칭했다. 반면에 앤서니 스웨이트는 《리스너》(11월 22일)에서 톨킨 서문의 "딱딱하고 학자다운 익살"을 그의 시와 대조하면서, 톨킨의 시에 대해 "명랑하고 재잘거리다가 우울하고 터무니없고 신비롭다. 그 시들의 가장 흥미롭고 매력적인 점은 탁월한 기교적 솜씨이다. 톨킨 교수는 『호빗』에 흩어져 있는 시들에서 노래와 수수께끼, 일종의 민요에 재능이 있음을 드러냈다. 『톰 봄바딜의 모험』에서 그 재능은 천재성에 가까운 것임을 볼 수 있다"라고 썼다. 이 서평에 대한 반응으로 톨킨은 스탠리 언윈에게 보낸 편지에서 "'교수'가 자기 전문적 기법에 대한 지식을 보여 주면 '익살'로 여겨지고 작가가 가령 법이나 법정에 대한 지식을 보여 주면 흥미롭고 칭찬할 만하다고 여겨지는 이유가"(11월 28일, 『편지들』, 242번 편지) 궁금하다고 말했다. 또한 톨킨은 크리스

25

토퍼 데릭이 로마가톨릭 저널 《태블릿》(1962년 12월 15일)에서 『봄바딜』을 '기발한 유머'라는 공격으로부터 옹호한 서평을 보았을 것이다. 이 시집은 두세 편의 논평을 제외하면 긍정적인 평가를 받았다.

12월 19일에 톨킨은 아들 마이클에게 "『톰 봄바딜』은 신문에서 공개되기 전에 8천 부가량 팔렸고 (준비되지 않은 상황에서 그들은 서둘러 재판을 찍어야 했지) 극히 적은 첫 인세로 보더라도 [유명한 시인 존] 베처먼을 제외하면 시집을 낸 작가들이 대체로 받는 것보다 많단다!"(『편지들』, 243번 편지)라고 기쁘게 말했다. 12월 23일에 그는 폴린 베인스에게도 편지를 써 그 모음집이 (시집으로는) 유난히 잘 팔리고 있고 그 성공은 대체로 그녀의 삽화 덕분이라고 했다.

1952년에 톨킨은 친구 조지 세이어가 소유한 테이프 녹음기에 「달나라 사람이 너무 늦게 머물렀다네」, 「올리폰트」, 「돌 트롤」(이 작품은 수정하여)을 낭송한 적이 있었는데 이 낭송이 1975년에 『반지의 제왕』과 『호빗』에서 발췌한 다른 시들과 함께 처음 레코드판으로 발행되었다. 1967년에 그는 『가운데땅의 시와 노래』 앨범을 위해 「톰 봄바딜의 모험」, 「보물 창고」, 「달나라 사람이 너무 일찍 내려왔다

네」, 「뮬립」, 「페리 더 윙클」을 녹음했다. 이 앨범에 작곡가
도널드 스윈이 만든 톨킨의 연작 가곡 『길은 끝없이 이어
지네』 중에서 바리톤 윌리엄 엘빈이 노래한 〈방랑〉이 특별
히 포함되었다. 같은 시기에 톨킨은 「방랑」, 「공주 미」, 「바
다의 종」도 녹음했는데, 이 녹음은 1967년에 그가 낭송한
다른 시들 및 조지 세이어와 녹음한 것과 함께 〈J.R.R. 톨킨
오디오 컬렉션〉으로 2001년에야 발행되었다.

　『톰 봄바딜의 모험과 붉은책의 다른 시들』의 서문과 시들
은 1962년 이후에도 계속 인쇄되었지만 한 권의 집중된 형
태로 나오기보다는 짧은 작품들을 모은 더 큰 모음집에 실
렸다. 기쁘게도 우리는 여기서 이 시들을 새롭게 선보이고,
예전에 발표된 판본이나 수기 원고(예전 원고가 존재할 경우)
를 함께 수록해서 비교할 수 있게 제시했다. 또한 『봄바딜』
시집이 발간되고 3년 후에 처음 발표되었고 톰과 금딸기가
등장하는 또 다른 시 「옛날 옛적에」와 그 전신이었을 「타브
로벨의 저녁」을 다시 수록하는 것도 적절해 보였다.

　이 책에서 우리는 관행에 따라 톨킨의 광범위한 신화를
가리킬 때는 인용 부호를 넣어 '실마릴리온'으로 표기하고,
그 신화를 구성하며 1977년에 발간된 이야기들은 『실마릴

리온』으로 표기했다. 톨킨이 『봄바딜』의 서문에서 가정했
듯이 우리도 독자들이 (적어도) 『반지의 제왕』을 어느 정도
친숙하게 알고 있으리라고 가정했다.

J.R.R. 톨킨의 작품을 다시 수록하거나 새로 출간하도록
허락해 준 톨킨 재단에 감사드린다. 이 책을 만드는 과정
에 여러모로 도움을 주신 크리스토퍼 톨킨, 마이어 블랙번
의 사무 변호사 캐슬린 블랙번, 보들리언 도서관의 콜린 해
리스, 캐서린 파커, 주디스 프리스트먼을 포함한 직원 분들,
하퍼콜린스의 편집진과 제작부 특히 데이비드 브라운, 테
렌스 캐번, 나타샤 휴스에게 감사한다. 또한 애빙던 성모회
학교의 『연감』에 실린 「그림자 인간」의 사본을 제공해 주
신 버몬지 성모회의 고참자 조안 브린과 바버라 제프리, 이
분들과 접촉할 수 있게 해 주신 성모회 학교의 스티븐 올리
버에게 감사하고 싶다. 그리고 언제나 그랬듯이 톨킨이 창
안한 언어에 관해 유용한 조언을 해 주신 칼 F. 호스테터와
아든 R. 스미스에게 감사드린다.

크리스티나 스컬과 웨인 G. 해먼드

톰 봄바딜의 모험과
붉은책의 다른 시들

머리말

『붉은책』에는 많은 시들이 수록되어 있다. 몇 편은 『반지의 제왕, 그의 몰락』 서사 및 첨부된 이야기들과 연대기에 포함되어 있다. 떨어진 낱장에는 더 많은 시들이 적혀 있고, 여백과 빈 공간에 부주의하게 적힌 시들도 몇 편 있다. 여백에 적힌 시들은 대부분 알아볼 수 있을 때라도 이해할 수 없는 무의미한 것들이거나 절반쯤 기억된 단편들에 불과하다. 4번, 12번, 13번은 이처럼 여백에 적힌 시에서 고른 것이다. 하지만 이런 시들의 전반적 특징을 보다 잘 보여 주는 예로 빌보의 "겨울이 얼음장 같은 이빨을 드러내"가 기록된 페이지에 휘갈겨 쓴 낙서를 들 수 있다.

바람이 수탉 바람개비weathercock를 빙빙 돌려서 수탉은 꼬리를 들고 있을 수 없었지.

서리가 노래지빠귀throstlecock를 얼어붙게 만들어

노래지빠귀는 달팽이를 덥석 물 수 없었지.

"내 신세는 고달파." 노래지빠귀throstle가 소리치자,

"모두 바람개비야All is vane." 수탉이 대답했어.

그래서 그들은 소리 높이 울부짖었지.

여기 선정된 시들은 더 오래전의 기록에서 골랐고, 주로 제3시대 말경 샤이어에 전해진 전설이나 농담과 관련되어 있다. 이 기록은 호빗들, 특히 빌보와 친구들이나 그들의 가까운 후손들이 작성한 듯하다. 하지만 저자는 거의 표시되어 있지 않다. 이야기 이외의 것들은 다양한 필체로 적혀 있으며 아마 구전된 전승을 적어 놓은 것이리라.

『붉은책』에 5번 시는 빌보가, 7번 시는 감지네 샘이 썼다고 기록되어 있다. 8번 시에는 SG라고 표기되어 있으므로 감지네 샘Sam Gamgee이 썼으리라고 추정할 수 있다. 11번 시도 SG라고 표기되어 있는데, 호빗들이 좋아한 옛날의 우스운 동물 우화를 샘이 다듬었을 뿐이리라. 『반지의 제왕』에서 샘은 10번 시가 샤이어에 전승되어 왔다고 말했다.

3번 시는 호빗들이 재미있게 여겼던 다른 종류의 시를 예시한다. 즉, 운율이나 이야기가 첫 시작 부분으로 되돌아가서 청자들이 반발할 때까지 되풀이되는 시이다. 『붉은책』에 몇 가지 실례가 나오지만, 다른 것들은 단순하고 조야하다. 3번 시는 가장 길고 정교하며, 빌보가 지은 것이 분명하다. 이것은 빌보가 엘론드의 집에서 써서 낭송한 긴 시와 이 시가 명백히 관련되어 있다는 점에서 알 수 있다. 원래 '의미 없는 시'이지만, 깊은골에서 쓴 시는 높은요정들과 누메노르의 에아렌딜 전설에 맞춰 약간 이상하게 변형되었다. 아마 빌보가 그 율격 장치를 만들고 자랑스럽게 여겼기 때문이리라. 『붉은책』의 다른 시들에는 그 율격 장치가 나타나지 않는다. 이 책에 제시된 더 오랜 형태는 빌보가 여행에서 돌아온 후 젊은 시절에 쓴 것이 틀림없다. 요정 전승의 영향이 엿보이기는 하지만 그 전승이 진지하게 다루어지지는 않았고, 사용된 이름들(데릴린, 셀라미에, 벨마리에, 아에리에)도 요정어 방식으로 만들어 낸 것에 불과하고 실은 요정어라 볼 수 없다.

제3시대 말에 일어난 사건들이 샤이어에 미친 영향과, 깊은골 및 곤도르와 접촉하면서 샤이어의 지평이 확대되었다는 사실은 다른 시들에서 찾아볼 수 있다. 여기서 빌보의 '달나라 사람' 시 옆에 배열되어 있기는 하지만 6번 시와 마지막에 수록된 16번 시는 궁극적으로는 곤도르에서 유래한 것이 틀림없다. 명백히 이 시들은 해안가에 살면서 바다로 흘러가는 강에 친숙했던 인간들의 전승에 기반하고 있다. 6번 시는 실제로 '벨팔라스'(바람 부는 벨의 만)와 돌 암로스의 바다를 향한 탑, '티리스 아에아르'를 언급한다. 16번 시는 남부 왕국에서 바다로 흘러드는 일곱 강[1]을 언급하며, 죽음을 면치 못하는 여인에게 '피리엘'[2]이라는 높은요정어 형태의 곤도르 이름을 사용한다. 긴해안과 돌 암로스에는 옛 요정들의 거주지와 모르손드 하구의 항구에 대한 전승이 많이 전해져 내려왔고, 거슬러 올라가 제2시대 에레기온이 멸망했을 때도 그 항구에서는 '서녘으로 향한 배들'이 항해했다. 그러므로 이 두 편은 남부의 전승을 개작한 것에 불과하고, 빌보는 깊은골을 통해서 그 전승을 알게 되었을 것이다. 14번 시도 깊은골에 알려진 요정

---

[1] 레브누이, 모르손드-키릴-링글로, 길라인-세르니, 안두인.

[2] 이것은 곤도르의 어느 공주의 이름이었고, 아라고른은 그녀를 통해서 남부의 혈통을 이어받았다고 주장했다. 이것은 또한 샘의 딸 엘라노르의 딸의 이름이기도 하다. 하지만 그녀의 이름이 시와 연결되었다면 이 시에서 따왔음이 분명하다. 그것이 서끝말에서 유래했을 리가 없다.

과 누메노르의 전승에 기반하고 제1시대 말의 영웅적 시대
와 관련되어 있다. 이 시는 투린과 난쟁이 밈에 관한 누메
노르 이야기의 메아리를 담고 있는 듯하다.

1번과 2번은 분명 노룻골에서 유래한 시이다. 이 시들은
구렛들 서쪽에 사는 호빗들은 알 수 없었을 그 지역과 버들
강의 숲이 우거진 골짜기인 숲골을 세세하게 알고 있음을
드러낸다.[3] 노룻골 주민들이 봄바딜을 알고 있었음을 보여
주기도 한다.[4] 하지만 그들이 봄바딜의 능력을 거의 알지
못했다는 것은 의심할 바 없고, 이는 샤이어 주민들이 간달
프의 능력을 잘 몰랐던 것과 마찬가지이다. 이 둘은 자비심
이 많은 인물로 여겨졌고, 신비스럽고 예측할 수 없을지 모
르지만 그럼에도 우스운 인물로 간주되었다. 더 먼저 쓰인
1번 시는 봄바딜에 관해 호빗들이 만들어 낸 다양한 전설

---

[3] '방책'은 버들강 북쪽 둑의 작은 선착장이다. 그것은 올짱의 외곽에 있었으며 그러
므로 물속으로 이어진 책뼈 혹은 울타리에 의해 잘 감시되고 보호되었다. 들장미언덕
(찔레나무 언덕)은 선착장 뒤쪽으로 솟아오른 언덕에 있는 작은 마을이고 높은올짱
이 끝나는 곳과 브랜디와인강 사이의 좁은 땅에 위치해 있었다. 맑은개울(Shirebourn,
『반지의 제왕』에는 '샤이어강'으로 번역되었다.—편집자 주)이 흘러 나간 곳, 개울목에
부간교가 있고, 그곳에서 시작된 오솔길이 우묵배미와 더 나아가 방죽길로 이어졌으
며 그 길은 골풀섬과 가녘말을 관통했다.
[4] 실제로 노룻골 주민들이 여러 가지 옛 이름들에 더해 그에게 이 이름을 붙였을 것이
다(이 이름은 형태상 노룻골식이다).

로 구성되어 있다. 2번 시는 이와 유사한 전승을 사용하지만 여기서 톰은 농담으로 친구들을 놀리고 그들은 그것을 재미있게 (일말의 두려움과 함께) 받아들인다. 이 시는 훨씬 나중에, 프로도와 친구들이 봄바딜의 집을 방문한 후에 지어졌을 것이다.

여기 실린 시들 가운데 호빗들이 지은 시는 대체로 두 가지 특징을 공유한다. 그들은 낯선 단어들을 좋아했고 운을 맞추거나 운율로 기교를 부리기 좋아했다. 소박한 호빗들은 분명 그런 기교를 미덕이나 장점이라고 생각했지만, 실은 요정들의 관행을 모방한 것에 지나지 않았다. 또한 그런 시들이 적어도 표면적으로는 가볍고 경박하지만, 때로 귀에 들리는 것보다 더 많은 의미를 함축하고 있다는 불편한 의혹이 들지 않을 수 없다. 호빗들에게서 유래했음이 분명한 15번 시는 예외이다. 이 시는 가장 늦게 쓰였고 제4시대에 속한다. 이 시가 여기 포함된 것은 누군가 그 제목을 '프로도의 꿈Frodos Dreme'이라고 써 놓았기 때문이다. 이는 놀라운 일이다. 프로도가 이 시를 지었을 가능성은 거의 없지만, 그 제목으로 보아 이 시는 프로도의 마지막 3년 동안 3월과 10월에 그를 엄습한 어둡고 절망적인 꿈과 관련되어 있다. 그런데 '방랑벽'에 사로잡힌 호빗들과 관련된 다른 전승이 있었고, 그들은 혹시 방랑에서 돌아오더라도 이후에 대화를 나눌 수 없는 기묘한 인물이 되어 있었다. 바다에 관한 생각은 호빗들의 상상을 떠나지 않았다. 그러나 제3시대 말 샤이어에서는 바다에 대한 두려움과 요정들의 온갖 전승에 대한 불신이 지배적이었고, 그 시대를 종결지은 사건들과 변화들이 일어났어도 그 분위기는 완전히 일소되지 않았다.

1
톰 봄바딜의 모험

늙은 톰 봄바딜은 유쾌한 친구,
윗도리는 하늘색, 장화는 노란색,
허리띠는 초록색, 반바지는 순 가죽,
긴 모자에 백조 날개 깃털을 달았네.
언덕 아래 살았지, 버들강이
풀이 무성한 샘에서 깊은 골짜기로 내달리는 곳.

여름철에 늙은 톰은 풀밭을 거닐며
미나리아재비 꽃을 따고, 그림자를 쫓아 달리고,
꽃 속에서 윙윙거리는 호박벌을 간질이고,
몇 시간이고 물가에 앉아 있었다네.

그의 수염이 물속으로 길게 늘어졌지.
강 여인의 딸, 금딸기가 다가와
늘어진 톰의 수염을 잡아당겼네. 톰은 수련 밑으로
첨벙, 거품을 일으키고 물을 꿀꺽 삼켰네.

"헤이, 톰 봄바딜! 어디로 가나요?"
아름다운 금딸기의 말. "거품을 불어서
물고기와 갈색 물쥐를 겁주고,
농병아리를 놀라게 하고, 깃털 모자를 물에 빠뜨리면서."

"모자를 돌려줘요, 어여쁜 아가씨!"
톰 봄바딜의 말. "물속을 걷는 건 싫거든.
내려가요! 그늘진 웅덩이에서 다시 잠들어요,
버드나무 뿌리 저 밑에서, 작은 물의 숙녀여!"

가장 깊고 우묵한 곳의 어머니 집으로
젊은 금딸기는 헤엄쳐 돌아갔네. 톰은 따라가지 않을 거
 라네.
뒤엉킨 버드나무 뿌리에 앉아 화창한 날씨에

노란 장화와 흠뻑 젖은 깃털을 말렸지.

버드나무 인간이 깨어나 노래를 시작했네,
노래를 불러 흔들리는 가지 아래 톰을 깊이 잠재우고,
갈라진 틈새로 그를 꼭 잡았다네. 짤깍! 틈새가 맞물
   렸고,
톰 봄바딜은 덫에 갇혔네, 외투와 모자와 깃털도.

"하하, 톰 봄바딜! 뭘 생각하는 거야,
내 나무속을 들여다보고, 나무집 깊은 속에서
내가 마시는 걸 지켜보고, 깃털로 나를 간질이고,
궂은날인 양 물을 뚝뚝 떨궈 내 얼굴을 적시고?"

"나를 다시 꺼내 놔, 버드나무 영감아!
여기서 뻣뻣해졌어. 네 딱딱하고 꼬부라진 뿌리는
베개가 아니야. 네 강물을 마셔!
강의 딸처럼 다시 잠자러 가!"

버드나무 영감은 그의 말을 듣고 풀어 주었지.

나무속에서 중얼거리고, 투덜거리고 삐걱거리며
나무집을 단단히 잠갔지. 버드나무 골짜기에서 나온
톰은 버들강을 따라 올라갔네.
숲의 처마 밑에 앉아 잠시 귀를 기울였지,
가지 위에서 짹짹거리는 새들이 재잘거리며 지저귀는 소
　　리를.
그의 머리 주위에서 나비들이 가볍게 떨며 반짝였네,
잿빛 구름이 몰려들고 해가 질 때까지.

그러자 톰은 서둘렀지. 빗방울이 흩날리기 시작하자
흐르는 강에 동그란 원들이 후두두 떨어졌네.
바람이 불어와 흔들린 나뭇잎들이 차가운 물방울을 똑똑
　　떨어뜨렸지.
늙은 톰은 깡충깡충 뛰어가 굴속에서 비를 피했네.

밖으로 나왔지, 눈같이 흰 이마에
검은 눈을 끔벅거리는 오소리. 아내와 많은 아들들과 함께
언덕에서 더듬어 찾아다녔지. 외투 자락으로 그를 붙잡
　　았다네.

42

땅속으로, 자기들 굴로 그를 끌어내렸지.

비밀 집에 앉아서 그들은 웅얼거렸지.
"호, 톰 봄바딜! 어디서 굴러온 거야,
정문에 와서 부딪히고? 오소리 가족이 너를 잡았어.
결코 찾아낼 수 없을걸, 우리가 너를 끌어온 길을!"

"자, 늙은 오소리, 내 말이 들리느냐?
당장 나가는 길을 보여 줘! 나는 걸어 다녀야 해.
장미딸기 아래 네 뒷문으로 가는 길을 보여 줘.
더러운 네 앞발을 닦고, 흙 묻은 네 코를 문질러!
네 지푸라기 베개를 베고 다시 잠들어,
아름다운 금딸기와 버드나무 영감처럼!"

그러자 오소리 가족이 말했지. "죄송합니다!"
가시 많은 그들 정원으로 나가는 길을 톰에게 보여 주고,
돌아가서는 숨어서 후들후들 덜덜 떨면서
흙을 긁어모아 모든 문들을 막아 버렸지.

비가 지나갔네. 청명한 하늘 여름날의 황혼 무렵
늙은 톰 봄바딜은 웃으며 집으로 돌아와,
문을 열고, 덧문을 올렸지.
부엌의 등불 주위로 나방이 퍼덕거렸고
창문을 통해 잠에서 깨어나 깜박이는 별들이 보였지.
가느다란 초승달은 일찌감치 서쪽으로 가라앉고.

언덕 아래 어둠이 찾아들었네. 톰은 촛불을 밝히고,
삐걱거리며 위층으로 올라가, 손잡이를 돌렸지.
"후, 톰 봄바딜! 밤이 네게 가져온 것을 보아라!
나는 여기 문 뒤에 있다. 이제야 마침내 너를 잡았다!
저기 언덕 꼭대기 돌들로 빙 둘러싸인
옛 무덤에 살고 있는 고분악령을 너는 잊었겠지.
그가 다시 풀려났다. 땅 밑으로 너를 데려가마.
불쌍한 톰 봄바딜, 창백하고 차갑게 만들어 주지!"

"나가라! 문을 닫고, 다시는 돌아오지 마라!
희번덕거리는 눈길을 치워라, 네 허허로운 웃음을 가
  져가!

풀 덮인 고분으로 돌아가라. 네 돌베개 위에
뼈만 앙상한 머리를 눕혀라. 버드나무 영감처럼,
젊은 금딸기처럼, 굴속의 오소리 가족처럼,
숨겨진 금과 잊힌 슬픔으로 돌아가라!"

고분악령은 창문을 뛰어넘어 달아났지,
휘몰아치는 그림자처럼 마당을 지나 담을 넘어
언덕 위로 울부짖으며 돌아갔네, 기울어진 돌들이 둘러
   싼 곳으로,
다시 외로운 무덤 속으로, 뼈 고리를 덜걱거리며.

늙은 톰 봄바딜은 베개에 누웠지.
금딸기보다 달콤하고, 버드나무보다 조용하고,
오소리 가족이나 고분악령보다 편안하게
윙윙거리는 팽이처럼 잤다네, 풀무처럼 코를 골며.

아침 햇살에 깨어나 찌르레기처럼 휘파람을 불고
노래를 불렀지, "오라, 데리돌, 메리돌, 나의 연인이여!"
해진 모자, 장화, 외투와 깃털을 재빨리 걸치고

화창한 날씨에 창문을 활짝 열었네.

현명하고 늙은 톰 봄바딜은 신중한 친구,
윗도리는 하늘색, 장화는 노란색.
누구도 늙은 톰을 잡지 못했지, 언덕이나 골짜기나,
숲길이나 버들강을 따라 거닐 때나,
백합 연못에서 배를 타고 노닐 때나.
그러나 어느 날 톰은 다가가 강의 딸을 붙잡았네,
긴 초록 옷을 입고, 머리칼을 풀어 놓고, 골풀에 앉아
덤불의 새들에게 옛 물노래를 불러 주는 그녀를.

그녀를 잡아 꼭 안았다네! 물쥐들은 허둥지둥 달아났고,
갈대는 쉿쉿거리고, 왜가리는 소리치고, 그녀의 가슴은
　팔딱거렸지.
톰 봄바딜이 말했어. "나의 어여쁜 아가씨!
나와 함께 집으로 가요! 식탁이 차려져 있어요.
노란 크림, 꿀, 흰 빵과 버터,
창틀에서 장미가 덧문 주위로 살짝 들여다보고.
언덕 아래로 가요! 잡초가 우거진 깊은 연못의

어머니는 걱정 말고! 거기서는 연인을 찾을 수 없을 테니!"

늙은 톰 봄바딜은 유쾌한 결혼식을 올렸지,
미나리아재비 화관을 쓰고, 모자와 깃털을 떨구고.
물망초와 창포 화환을 두른 신부는
은녹색 옷을 입었지. 그는 찌르레기처럼 노래 불렀네,
꿀벌처럼 콧노래를 부르고, 바이올린에 맞춰 경쾌하게
　움직이며,
강 처녀의 가냘픈 허리를 꼭 안았지.

그의 집 등불이 어슴푸레하게 비추고, 침구는 하얗게 빛
　났지.
밝은 밀월의 빛 속에 오소리 가족이 걸어와,
언덕 아래에서 춤추었네. 버드나무 영감은
창유리를 똑똑 두드렸지, 그들이 베개를 베고 자는 동안.
강둑 갈대밭에서 강의 여인이 한숨짓는 소리를
고분에서 소리 지르던 고분악령이 들었다네.

늙은 톰 봄바딜은 신경 쓰지 않았네, 목소리,

48

창틀과 문 두드리는 소리, 춤추는 발소리, 밤의 온갖 소
　음을.
해가 떠오를 때까지 자고 일어나 찌르레기처럼 노래했지.
"헤이, 오라, 데리돌, 메리돌, 나의 연인이여!"
문간에 앉아 버드나무 막대기를 자르며,
아름다운 금딸기가 노란 머리칼을 빗질하는 동안.

2
봄바딜이 뱃놀이 가다

묵은해가 갈색으로 변하고, 서풍이 찾아왔지.
톰은 숲에 떨어지는 너도밤나무 이파리를 잡았지.
"산들바람이 불어다 준 행복한 날을 붙잡았어!
다음 해까지 기다릴 이유가 있을까? 마음 내킬 때 착수
　할 거야.
오늘 배를 수선해서 배가 가는 대로 여행을 떠나야지,
기분 내키는 대로, 버들개울 따라 서쪽으로!"

작은 새가 작은 가지에 앉았지. "윌로, 톰! 당신을 지켜보
　았어요.
알았다, 알았어, 당신 마음이 어디로 이끄는지.
갈까, 갈까, 당신을 만나러 오라고 그에게 말을 전할까?"

"이름을 말하지 마, 수다쟁이야, 아니면 네 껍질을 벗겨
　먹어 버릴 테야,
네게 상관없는 일들을 아무에게나 지껄여 대다니!
내가 어디 갔는지 버드나무 영감에게 말하면, 널 태워 버
　릴 거야,
버드나무 꼬치로 구울 거야. 그러면 엿보고 다니는 짓이
　끝장나겠지!"

솔새는 꼬리를 종긋 세우고 날아가며 지저귀지,
"먼저 날 잡아 봐요, 잡아 봐! 이름은 말할 필요 없어요.
그 사람 이쪽 귀에 앉을 거예요. 그 소식을 귀담아듣겠지.
'개울목에서,' 이렇게 말할 거라고요, '해 질 녘에.'
서둘러요, 서둘러! 그때가 마실 시간이니까!"

톰은 혼자 껄껄 웃었네. "그렇다면 그리 가야겠군.
곧장 갈지는 모르겠지만, 오늘은 거기로 노 젓겠어."

그는 노를 다듬고 배를 수선했지. 숨겨진 개울에서 배를
  끌어 올려
갈대숲과 버드나무 덤불을 지나 늘어진 오리나무 아
  래로,
강을 따라 내려가며 노래를 불렀지, "어리석은 버들가지,
깊고 얕은 곳 너머 실버들 같은 버들강 위로 흘러라!"

"위! 톰 봄바딜! 어디 가는 거예요,
새조개 배를 까불까불 노 저어 강을 내려가며?"

"버들강을 따라 브랜디와인강으로 갈 거야.
친구들이 날 위해 불을 피워 줄 거야.
저 아래 울짱끝 옆에서. 거기 작은사람들을 알거든.
날 저물 무렵에 친절한 사람들. 이따금 거기 간다네."

"내 친척에게 말을 전해 줘요, 그들의 소식을 알려 주세요!
잠수할 연못과 물고기들이 숨은 곳을 말해 줘요!"
"안 돼." 봄바딜이 말했지. "나는 물 냄새를 맡으려고
노 젓는 거야, 잔심부름 가는 게 아니라고."

"티 히! 거만한 톰! 통이 뒤집어지지 않게 조심해요!
물속에 가라앉은 버드나무 가지가 있나 찾아보고요! 버
    둥거리는 당신을 보면 난 웃을 테니까."

"말조심해, 푸른 물총새! 네 친절한 소망만 간직하라고!
날아가서 물고기 뼈로 몸치장이나 해라!
가지 위에서는 유쾌한 주인이지만, 집에서는 꾀죄죄한
    집안의
더러운 머슴이지, 네 가슴이 진홍빛이라도.
바람의 방향을 보려고 물총새 부리를 공중에 매달았다는
이야기를 들었지. 그게 잔꾀를 부려 얻으려는 낚시질의
    종말이야."

물총새는 부리를 오므리고 눈을 끔벅거렸지, 톰이 노래
    하며
가지들 아래를 지나가는 동안. 반짝! 새는 날갯짓하며
보석처럼 푸른 깃털을 떨구었네. 햇살에 반짝이는 깃털
    을 잡아
예쁜 선물이라고 톰은 생각했지.

긴 모자에 깃털을 꽂고, 낡은 깃털은 버렸네.
"이제 톰은 푸른색." 그는 말했지. "유쾌하고 영원한 색
　이야."

배 주위로 둥근 원들이 소용돌이치고 물거품이 부서졌지.
강 속 그림자를 찰싹! 노로 쳤네.
"후시! 톰 봄바딜! 오랜만에 만났네요.
물의 사공을 뒤집어 놓아요, 어? 내가 당신 배를 뒤엎으
　면 어쩌려고?"

"뭐라고? 자, 어린 콧수염, 너를 타고 강을 내려가겠어.
네 등에 내 손가락만 대도 네 가죽은 덜덜 떨릴걸."

"피시, 톰 봄바딜! 가서 엄마에게 이를 거예요.
우리 가족 모두 오라고 할 거예요, 아빠, 누나, 형!
톰이 나무다리를 가진 얼간이처럼 정신이 나갔다고요.
버들강을 따라 노 저어 간다고요, 낡은 통에 다리 벌리고
　앉아서."

"네 수달 가죽을 고분악령에게 주겠어. 너를 무두질할걸!
금반지에 넣어 숨 막히게 할걸! 네 엄마가 너를 본다 해도
아들을 알아보지 못할 거야, 네 수염이 아니라면.
안 돼, 늙은 톰을 놀리지 마, 네가 훨씬 더 팔팔해질 때
　까지!"

"후시!" 꼬마 수달이 말했지, 톰의 모자와 몸에
물보라를 뿌리고, 배를 흔들어 놓고,
배 아래로 잠수하고, 강독에 누워 쳐다보았지,
톰의 명랑한 노래가 희미해져 들리지 않을 때까지.

고니섬의 늙은 백조가 거만하게 그를 스쳐 지나갔지.
험악한 얼굴로 그를 바라보고 큰 소리로 콧방귀를 뀌
　었지.
톰은 웃었네. "늙은 백조cob야, 네 깃털이 없어서 서운
　하니?
그럼 내게 새 깃털을 주렴! 예전 깃털은 비바람에 낡았
　으니.
네가 아름다운 말을 할 수 있으면 너를 더 사랑할 텐데.

긴 목과 말 없는 목구멍, 그러나 여전히 오만한 조롱을!
언젠가 왕이 돌아오시면, 너를 데려가서 살펴본 뒤
네 노란 부리에 낙인을 찍고, 너를 오만하지 않게 만들
   거야!"
늙은 백조는 날개를 펄럭이고 쉭쉭거리며 더 빨리 첨벙
   거렸지.
그 자국을 따라 깐닥깐닥 톰은 노 저어 갔다네.

톰은 버들둑에 이르렀지. 강이 물렛길로 돌진하면서
거품을 내고 물을 튀기고 바람에 떨어진 이파리처럼 빙
   빙 돌며
코르크 마개처럼 까닥거리는 돌멩이들 위로
톰을 싣고 방책 선착장으로 데려갔다네.

"호이! 나무꾼 톰이 염소수염을 달고 나타났군!"
울짱끝과 들장미언덕의 작은사람들이 모두 웃었네.
"조심해, 톰! 활과 화살로 쏘아 죽일 테니까!
숲속 사람이든 고분의 도깨비든
브랜디와인강 너머로 들여놓지 않을 거야, 작은 배든 나

룻배든.”

“체, 배뚱뚱이들! 그렇게 즐거워하지 말라고!
난 호빗족들이 굴 파고 숨는 것을 보았어.
뿔 달린 염소나 오소리가 눈길을 던지면 겁에 질려서,
달빛이 두려워서, 자기네 그림자에도 놀라 피했지.
오르크를 불러 주지. 네 녀석들은 허둥대며 달아날걸!”

“불러 보라고, 나무꾼 톰. 수염이 빠지도록 지껄이라고.
네 모자에 화살 세 발을 날려 주지! 네가 무섭지 않으
　　니까!
지금 어디 가는 거야? 맥주 마시러 가는 거라면,
들장미언덕의 맥주 통은 네 갈증을 달랠 만큼 깊지 않아!”

“브랜디와인강 너머 맑은개울 쪽으로 갈 거야.
하지만 강이 너무 빨리 흘러 작은 배로 갈 수 없겠어.
작은사람들이 나룻배로 나를 데려다 준다면
아름다운 저녁과 많은 즐거운 아침이 이어지도록 축복해
　　주지.”

브랜디와인강은 붉게 흘렀네. 샤이어 너머로 해가 가라
  앉는 동안
불꽃으로 타오르다 잿빛으로 사그라졌지.
개울목의 계단은 텅 비어 있었지. 그를 반기는 사람 하나
  없었네.
방죽길은 고요했지. "유쾌한 만남이로군!" 톰이 말했지.

톰은 길을 따라 쿵쿵 걸었지. 빛이 사라지고 있었지.
골풀섬의 등불이 앞에서 어슴푸레 빛났지. 자기를 부르
  는 목소리가 들렸지.
"거기 누구요!" 조랑말들이 멈추고, 굴러가던 바퀴가 멈
  추었지.
톰은 터벅터벅 걸어갔지, 옆으로 눈길 한번 주지 않고.
"호, 이것 봐! 웬 거지가 구렛들에서 쿵쿵거리는 거지?
여기 무슨 볼일이 있는 거야? 모자에 온통 화살이 박힌 채!
누군가 접근하지 말라고 경고했군, 몰래 움직이는 자네
  를 발견하곤.
이리 오게! 자네가 무얼 찾는지 이제 말해 보라고!
틀림없이 샤이어 맥주겠지, 돈 한 푼 없지만.

사람들에게 문을 잠그라고 하겠어. 그러면 한 모금도 못
  마시겠지!"

"자, 자, 흙탕발! 저기 개울목에서 만나기로 하고
늦은 주제에 인사 참 퉁명스럽군!
씨근거리느라 걷지도 못하고 자루처럼 수레에 실려 다
  니는
이 뚱뚱한 늙은 농부야, 좀 더 기분 좋게 대해야지.
걸어 다니는 쩨쩨한 맥주 통아! 빌어먹는 놈이 콩밥을 마
  다할 수 없지.
그렇지 않으면 자네를 쫓아 버렸을 텐데, 그러면 자네가
  손해겠지.
자, 매곳, 나를 잡아 올려 줘! 지금 자네는 큰 맥주잔 하나
  를 빚진 거야.
어둠의 장막이 깃들어도 옛 친구라면 알아봐야지!"

웃으며 그들은 말을 몰았지, 골풀섬의 주막 문이 열려
  있고
엿기름 냄새가 솔솔 풍겼지만 멈추지 않았지.

덜걱거리고 부딪히며 매곳의 오솔길로 들어섰고
톰은 농부의 수레에서 빙빙 돌며 춤추고 경중경중 뛰
　　었지.
콩이랑밭 위로 별들이 빛나고, 매곳의 집에는 불이 켜져
　　있고,
부엌에선 난롯불이 타올라 날 저문 자들을 환영했네.

매곳의 아들들은 문간에서 고개 숙이고, 딸들은 무릎 굽
　　혀 절했지.
그의 아내는 목마른 자들을 위해 큰 맥주잔을 내왔지.
모두들 노래하고 즐거운 이야기를 나누며 저녁을 먹고
　　춤추었지.
선량한 집주인 매곳은 잔뜩 퍼마시고도 뛰어다녔고,
톰은 꿀꺽꿀꺽 들이켜지 않을 때는 혼파이프를 추었네.
딸들은 빙글빙글 춤을 추었고, 선량한 안주인은 웃었지.

다른 이들이 건초와 고사리, 깃털이 든 침대로 물러났
　　을 때
난롯가 가까이에서 그들은 이마를 맞대고 얘기했다네,

늙은 톰과 흙탕발은 고분구릉에서
탑언덕에 이르기까지 온갖 소식들을 주고받았지.
걷기와 말 타기, 밀이삭과 보리알, 파종과 추수,
브리의 기묘한 이야기들, 대장간과 방앗간, 시장에 떠도
    는 이야기들,
속삭이는 나무들에 일렁이는 소문들, 낙엽송에 이는
    남풍,
여울목의 키 큰 파수꾼들, 변경의 그림자들.

마침내 늙은 매곳은 깜부기불 옆 의자에서 잠들었지.
새벽이 되기 전에 톰은 사라졌다네. 즐겁기도 슬프기도 한
어렴풋이 기억나는 꿈처럼, 은밀한 경고처럼.
문 여는 소리를 아무도 듣지 못했지. 아침에 흩뿌린 빗줄
    기가
그의 발자국을 씻어 가 버렸지. 개울목에도 흔적이 남지
    않았고,
울짱끝에는 노랫소리도, 무거운 발소리도 들리지 않
    았네.

62

사흘간 그의 배는 방책 선착장에 있었지.
그러다 어느 아침 버들강을 따라 되돌아갔다네.
호빗들이 말했지, 수달 가족이 밤에 와서 밧줄을 풀어
둑 너머로 끌어 강물을 거슬러 밀고 갔다고.

고니섬에서 늙은 백조가 유유히 헤엄쳐 와서
부리로 밧줄을 물고 물속에서 잡아당겨
당당하게 끌어갔다네. 수달들은 백조 옆에서 헤엄치며
버드나무 영감의 뒤엉킨 뿌리를 피해 백조를 인도했지.
물총새는 뱃머리에, 솔새는 가로장에 앉아 노래했지.
흥겹게 작은 배를 집으로 끌어갔다네.
마침내 톰의 시내에 이르자 꼬마 수달이 말했네.
"자, 쉿! 얼간이에게 다리가 없는 꼴이지, 아니 지느러미
    없는 물고기라고 할까?"
오! 어리석은 갯버들 버들강이여! 그들은 노를 남겨 두고
    왔다네!
노는 오랫동안 방책 선착장에 있었지, 톰이 찾으러 갈 때
    까지.

3
방랑

유쾌한 승객이 있었지,
전령이자 선원.
금박 입힌 곤돌라를 만들었지,
세상을 방랑하려고.
그 안에 양식으로
노란 오렌지와 귀리죽을 가득 싣고,
마저럼과 카르다몬, 라벤더로
배를 향기롭게 했다네.

화물이 실린 큰 상선들의
바람을 일으켰네, 그를 가로막은
열일곱 강을 가로질러

그를 실어다 달라고.
외로이 혼자 뭍에 올랐지.
단단한 조약돌 위로
달리는 강 데릴린이
언제까지나 흥겹게 흘러가는 곳.

그러고는 목초지를 지나
황량한 그림자의 땅으로 여행했네.
언덕 아래 언덕 위로
지친 발걸음으로 계속 방랑했네.

앉아서 한 곡조를 불렀지,
방랑을 지체하면서.
옆에서 파닥이는 예쁜 나비에게
결혼해 달라고 간청했지.
나비는 경멸하고 조롱했네.
동정심도 없이 그를 비웃었지.
그래서 오랫동안 그는 마법과
연금술과 금속 세공을 연구했네.

나비를 덫으로 잡으려고 공기처럼 얇은
천을 짰지. 나비를 따라가려고
딱정벌레 가죽 날개를 만들고,
제비 날개털로 깃털을 달았지.
그는 거미가 자은 가는 실로
어리둥절한 나비를 붙잡았네.
나비에게 부드러운 백합 정자를
만들어 주었지. 꽃과 엉겅퀴 솜으로
신부 침대를 만들어
편히 누워 쉬도록 했네.
얇고 매끄러운 흰 거미줄과
은색 빛줄기로 옷을 만들어 입혔지.

보석들을 꿰어 목걸이를 만들었지.
하지만 부주의하게도 나비가 보석을 흩뜨려 놓아
쓰라린 말다툼을 벌였다네.
슬퍼하며 그는 방랑길에 나섰지.
시들어 가도록 나비를 거기 내버려 두고,
몸서리를 치면서 달아났다네.

바람이 거센 날씨가 이어져
제비 날개를 타고 재빨리 날아갔지.

그는 군도를 지났네,
금잔화가 노랗게 피어나는 곳,
은빛 샘이 무수히 솟는 곳,
요정의 금으로 산들이 빛나는 곳.
그는 전쟁과 약탈에 빠져들었네.
바다를 건너 공격하고,
벨마리에와 셀라미에
그리고 판타지에를 넘어 배회했지.

그는 산호와 상아로
방패와 투구를 만들었네.
에메랄드로 칼을 만들고.
그의 상대는 무시무시했네.
아에리에와 요정나라의 요정 기사들,
빛나는 눈 금발의 용사들이
말을 타고 와서

그에게 도전했지.

그의 사슬 갑옷은 수정으로,
칼집은 옥수로 만들었지.
흑단을 잘라 만든 창은
만월이 뜨면 촉이 은색으로 빛났지.
그의 투창은 공작석과

종유석으로 만들었지—그는 무기를 휘두르며
전진하여 낙원의 잠자리들과
싸워 물리쳤네.

호박벌족, 뿔벌새족,
꿀벌족과 전투를 벌였고
황금 벌집을 얻었지.
꽃이 지붕처럼 늘어지고
이파리들과 거미줄로 장식된 배를 타고
햇살이 화창한 바다에서 집으로 돌아가며
앉아서 노래했지, 갑옷과 투구를
번쩍거리도록 문지르며.

외로운 작은 섬에

잠시 지체했네.

바람에 날리는 풀잎 외에는 아무것도 없었지.

그래서 마침내 하나밖에 없는 길을

택했다네. 몸을 돌려 벌집을 가지고

집으로 돌아오려니

그의 전갈이 기억에 떠올랐네. 해야 할 심부름도!

대담한 행동과 마법에 걸려

잊었던 거라네, 방랑자가

여행하며 경합을 벌이다가.

그래서 이제 다시 출발해야 한다네.

그의 곤돌라를 다시 몰아야 하네.

언제까지나 전령이자,

승객이며 체류자,

깃털처럼 유랑하며

폭풍우에 휩쓸린 선원.

4
공주 미

어린 공주 미,
요정의 노래에 나오듯
사랑스러웠어.
아름답게 엮은
진주를 머리칼에 꽂고,
금이 섞인 얇은 천으로
머릿수건을 만들었어.
은을 꼬아 만든 별들을
목에 걸었지.
나방 날개처럼 가볍고
달빛처럼 새하얗게
엮은 외투를 입고,

겉옷 위로
다이아몬드 방울이 박힌
허리띠를 둘렀지.

낮이면 걸었지,
잿빛 망토를 두르고
짙푸른 두건을 쓰고.
밤이면 걸어갔지,
온통 화려하게 반짝이며.
별이 비치는 하늘 아래
물고기 비늘로 만든
부서지기 쉬운 신발이
번쩍였지, 연못으로
춤추러 갈 때, 바람 자는 물결의
차가운 거울 위에서 놀 때.
소용돌이치듯 비상하는
엷은 빛처럼
유리 같은 섬광을 일으켰다네,
빠르게 움직이는

은빛 발이
무도장 바닥을
가볍게 스칠 때마다.

그녀는 높이
지붕 없는 하늘을 올려다보았지.
어둑한 해변을 바라보았지.
그러고는 몸을 돌려
눈길을 아래로 돌리자,
자기 밑에서 움직이는 것이 보였네,
공주 미처럼 아름다운
공주 쉬.
그들은 발가락을 맞대고 춤추고 있었어!

쉬는 미처럼 가볍고
그처럼 화려했지.
한데 이상한 말이지만, 쉬는
별 박힌 왕관을 쓰고
바닥없는 샘 속으로

늘어져 있었어.
　희미하게 빛나는 그녀의 눈은
　깜짝 놀라
미의 눈을 올려다보았지.
　놀라운 것,
　별이 빛나는 바다 위에서
고개를 숙인 채 흔들리다니!

　오직 그들의 발만
　만날 수 있었지.
그들이 서 있지 않고
　하늘에 늘어질
　뭍으로 가는
길이 어디 있을지
　누구도 말할 수 없었어,
　요정들이 가진 모든 전승의
마법으로도 알 수 없었어.
　그래서 여전히 혼자서
　요정이 홀로

전처럼 춤추며
　　머리에 진주를 달고
　　아름다운 스커트를 입고
　　물고기 갑옷으로 만든
　　부서지기 쉬운 신발을 신고 미는 갔다네.
　　물고기 갑옷으로 만든
　　부서지기 쉬운 신발을 신고
　　아름다운 스커트를 입고
머리에 진주를 달고 쉬는 갔다네!

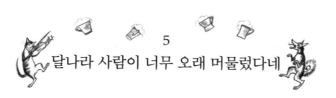

5
달나라 사람이 너무 오래 머물렀다네

옛날에 한 유쾌한 여관이 있었지
   어느 오래된 잿빛 언덕 아래,
그곳에서는 갈색 맥주를 빚고 있었지.
어느 날 밤 달나라 사람이 내려와
   흠뻑 마시고 취해 버렸지.

마부에겐 비틀거리는 고양이가 있었지
   고양이는 다섯 줄 바이올린을 연주하네.
아래위로 활을 흔들어 대며,
때로는 삑삑거리며 높이, 때로는 가르릉거리며 낮게
   때로는 중간 소리도 내면서.

농담을 한없이 좋아하는
　강아지를 기르는 여관 주인,
손님들이 한바탕 크게 웃을 때면,
그도 우스개에 귀를 기울이다가
　배를 잡으며 웃어 댔지.

어느 여왕 못지않게 오만한
　뿔 달린 암소도 길렀지,
그렇지만 음악만 들으면 술 취한 듯 어지러워,
부숭부숭한 꼬리를 내저으며
　풀밭에서 춤을 추었지.

그리고 오! 줄지어 놓인 은빛 접시들,
　창고 가득한 은빛 스푼들!
일요일에 쓰이는 특별한 짝이 있어,
토요일 오후만 되면
　조심스레 닦았지.

달나라 사람이 곤드레만드레하자

　고양이는 소리치고
접시 하나 스푼 하나가 식탁 위에서 춤을 췄지.
정원의 암소는 미친 듯 날뛰고
　강아지도 자기 꼬리를 쫓아다녔지.

달나라 사람은 한 잔 더 들이켜고
　의자 밑으로 굴러떨어졌지.
그리고 꾸벅꾸벅 졸더니 꿈속에서 맥주를 만났네.
하늘에선 별빛이 희미해지고
　새벽이 훤히 밝아 올 때까지.

마부가 비틀거리는 고양이에게 말했지.
　달나라에서 온 백마들이
히힝거리며 안달이 났는데
달나라 사람은 세상모르고 자빠져 있고,
　해는 금방 떠오르겠어.

고양이는 바이올린으로 헤이 디들 디들 연주를 했지.
　죽은 사람도 일어날 빠른 곡조로

삑삑거리며 활을 켜는 동안
주인이 달나라 사람을 흔들어 깨웠지,
　'세 시가 넘었어요!'

그들은 천천히 언덕 위로 그 사람을 밀어 올려
　달나라로 던져 올렸지.
뒤에서는 그의 말들이 뛰어오르고
암소는 사슴처럼 껑충거리고
　접시가 스푼과 함께 달려왔었지.

바이올린은 더 빨리 디들 둠 디들
　강아지가 으르렁거렸지.
암소와 말들은 물구나무를 서고
손님들은 모두 침대에서 뛰어나와
　마룻바닥에서 춤을 추었지.

핑, 퐁 소리와 함께 바이올린 줄이 끊어졌지.
　암소는 달을 향해 뛰어오르고
강아지는 재미있다고 깔깔거렸지.

토요일의 접시는 일요일의 스푼과 함께
　어디론가 사라져 버렸지.

둥근 달이 언덕 너머로 굴러 내려갔고
　해가 슬며시 고개를 들었지.
해는 그녀의 불꽃처럼 환한 두 눈을 믿을 수 없었지.
한낮인데도 아, 놀라워
　모두들 잠자리에 들어가다니!

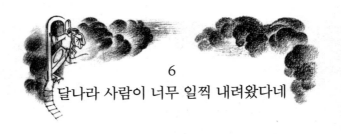

6
달나라 사람이 너무 일찍 내려왔다네

달나라 사람에게는 은 구두가 있었지.
  은실 수염에
오팔 왕관을 쓰고
  허리띠는 진주로 엮고
잿빛 망토를 입고 어느 날
  반짝이는 바다를 가로질러 걸었지.
수정 열쇠로 살짝
  상아 문을 열었네.

은은하게 빛나는 털로 가늘게 세공된 계단을
  가벼운 걸음으로 내려왔지.
정신 나간 모험에 마음이 홀려

마침내 자유로워 유쾌했다네.
하얀 다이아몬드에 즐거움을 잃은 지 오래,
　뾰족탑에 싫증 났고
달나라 산에 홀로 우뚝 선
　높은 월장석도 지루해졌지.

루비와 녹주석을 얻는다면 어떤 모험도 감행했겠지,
　희끄무레한 옷에 수놓기 위해.
에메랄드와 사파이어,
　빛나는 보석으로 새 왕관을 만들기 위해.
그는 할 일이 없어서 외로웠지,
　그저 황금 세계를 응시하고
멀리서 유쾌하게 굴러온
　콧노래를 들을 뿐.

그의 은빛 달이 보름이 되면
　마음속에서 불을 갈망했지,
창백한 석고의 투명한 빛이 아니라.
　그의 욕망은 붉었으니까.

진홍빛과 장미와 깜부기불,
　　날름거리며 타오르는 불꽃,
순식간의 일출에 진홍빛으로 물드는 하늘,
　　폭풍우가 몰아치기 이전의 아침에.

푸른 바다를 갖고 싶었지, 초록 숲과 늪의
　　살아 있는 색조를.
북적거리는 지상의 흥겨움과
　　사람들의 불그스레한 혈색을 갈망했지.
노래와 긴 웃음소리,
　　뜨거운 요리와 포도주를 탐냈지,
가벼운 눈송이로 만든 진주 케이크를 먹고
　　옅은 달빛을 마시며.

고기와 후추, 푸짐한 펀치를 생각하며
　　발이 경쾌하게 움직였지.
자기도 모르게 경사진 계단에서 곱드러졌네.
　　욜 전 어느 날 밤
유성처럼, 날아가는 별처럼

　반짝이며 떨어졌다네,
사다리 길에서 거품이 이는 바닷물로 풍덩,
　바람 부는 벨의 만에서.

물에 녹아 가라앉지 않도록
　달에서 무얼 할까 생각했지.
그때 멀리 떠 있는 그를 어느 고기잡이 배가 발견했
　지. 선원들이 놀라며
그물로 잡아 올렸네,
　푸르스름한 백색과 오팔 빛,
섬세하고 맑은 녹색,
　물에 젖어 인광을 발하는 희끄무레한 빛.

그의 소망과 달리 어부들은
　아침에 잡은 물고기들과 함께 뭍으로 운반했네.
"여관에서 잠자리를 얻는 게 좋을 거야."
어부들이 말했지. "가까이 마을이 있으니까."
바다를 향한 탑 높이
　천천히 울리는 종소리만이

뱃멀미 나는 그의 항해 소식을 알렸지,
　　그 부적절한 시간에.

난롯불도 하나 없고, 아침 식사도 없었네,
　　춥고 축축한 새벽.
불기 대신 잿더미, 초원 대신 늪,
　　태양 대신 어둑한 뒷거리에서 연기 나는 등불뿐.
한 사람도 보이지 않았지,
　　소리 높여 부르는 노래도 들리지 않았고,
코고는 소리뿐. 모두들 침대에 있고
　　한참 더 잘 테니까.

지나가며 굳게 닫힌 문을 두드리고
　　소리쳐 불러 보았지만 헛수고일 뿐.
마침내 불 켜진 여관에 이르렀지.
　　창문을 두드리자
졸음에 겨운 요리사가 험악하게 쳐다보며 말했지.
　　"원하는 게 뭐요?"
"불과 금과 옛 노래와

아낌없이 흐르는 붉은 포도주요."

"여기서는 그런 것을 얻을 수 없소." 요리사는
  곁눈질하며 말했지. "하지만 들어와도 좋소.
내겐 은이 없고 내 등을 덮을 비단도 없어.
  어쩌면 당신을 머물게 해 주지."
빗장을 올리는 데 은을,
  문을 통과하는 데 진주 하나를,
난롯가 요리사 옆자리에 앉는 데
  스무 가지나 더 줘야 했지.

허기와 갈증을 달래 줄 것을 입에 넣지 못했네,
  왕관과 망토를 줄 때까지.
얻은 것이라곤, 검게 그을리고
깨진 토기에 담긴
  이틀이나 묵은 차가운 귀리죽.
  그것도 나무 숟가락으로 먹었지,
자두가 들어간 율 푸딩 대신. 불쌍한 바보,
  그는 너무 일찍 도착한 거라네,

미친 원정에 나선

　달나라 산에서 온 경솔한 손님.

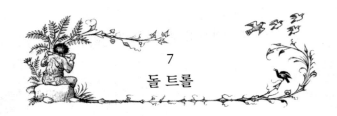

7
돌 트롤

트롤은 바위 위에 홀로 앉아
닳아 빠진 옛날 뼈다귀를 우물우물 씹고 있었네.
그는 몇 년 동안 계속 그것만 뜯었지.
고기를 구할 수가 없었으니까.
끝났어! 틀림없어!
산속 동굴 속에 그는 홀로 살았네.
고기를 구할 수가 없었으니까.

톰이 커다란 구두를 신고 올라와서
트롤에게 말했지, 그게 뭔가?
무덤 속에 누워 있어야 할
우리 삼촌 팀의 정강이뼈 같은데

돌 트롤

동굴 속에! 큰길 가에!
팀은 벌써 몇 년 전에 죽었으니
무덤 속에 누워 있어야 할 텐데.

젊은이, 트롤이 말했지, 이 뼈는 훔친 걸세.
하지만 무덤 속에만 있으면 뼈다귀가 무슨 소용?
자네 삼촌 죽은 지 한참 지나서
정강이뼈만 꺼내 왔을 뿐이야.
정강이뼈! 썩은 뼈!
불쌍한 늙은 트롤한테 적선 좀 하면 어때?
그 양반은 필요도 없을 텐데.

톰이 말했지, 당신 같은 신사가 왜
허락도 받지 않고 함부로
우리 삼촌 정강이뼈를 훔쳐 왔는지 알 수 없군.
그러니 그 뼈 이리 내놓으쇼!
도둑놈! 불한당!
그분은 돌아가셨지만 그 뼈는 그분 거요.
그러니 그 뼈 이리 내놓으쇼!

트롤이 웃으면서 말했지, 다리 두 개 때문에
자네도 잡아먹어야겠네. 정강이뼈 맛 좀 보세.
　　싱싱한 고기라 달콤하게 넘어가겠지!
　　　자, 이젠 시식해 볼까.
　　　　잘 봐라! 맛봐라!
　　　말라빠진 뼈다귀 뜯는 데도 이젠 지쳤어.
　　　　오늘 저녁은 네놈으로 잔치하자!

그러나 저녁거리를 잡았다고 생각한 순간
그의 손안에는 아무것도 없었지.
　　그가 마음먹기도 전에 톰은 뒤로 빠져나가
　　　그를 혼내 주려고 발로 찼다네.
　　　　조심해라! 나쁜 놈!
　　톰은 생각했네.
　　　엉덩이에 한 방 먹이면 혼쭐나겠지 하고.

그러나 산속에 홀로 앉아 있는
트롤의 뼈와 살은 바위보다 단단해서
　　차라리 그 발로 산 뿌리를 차는 것이 더 나을 텐데.

트롤의 엉덩이는 끄떡도 않았지.
달려라! 치료하라!
늙은 트롤은 허허 웃고 있었고
톰은 발가락이 아파 어쩔 줄을 몰랐지.

집에 돌아와서 톰의 다리가 고장 났네.
쓸데없는 헛발질로 그의 발은 영영 절름발이가 되
었지.
그러나 트롤은 아무렇지도 않다는 듯이
빼돌린 뼈를 입에 물고 여전히 거기 있었어.
고맙소! 주인장!
트롤의 늙은 궁둥이는 여전했다네.
빼돌린 뼈를 입에 물고.

8
페리 더 윙클

외로운 트롤은 돌 위에 앉아
　슬픈 노래를 불렀지.
"아 왜, 아 왜, 나는 혼자 살아야 할까,
　먼두둑에서
친척들은 부를 수 없는 곳으로 가 버렸고
　나를 전혀 생각하지 않아.
바람마루에서 바다까지
　나 홀로 남겨졌지, 마지막으로."

"나는 황금도 훔치지 않고, 맥주도 마시지 않아,
　고기라면 입에 대지도 않고.
하지만 내 발걸음 소리를 들으면

사람들은 겁에 질려 문을 탕 닫아 버리지.
내 발이 아담했더라면 얼마나 좋을까,
　내 손이 이렇게 거칠지 않았더라면!
하지만 내 마음은 다정하고, 내 미소는 감미롭고,
　내 요리는 훌륭하다네."

"자, 자!" 그는 생각했지. "이래서는 안 되겠어!
　친구를 찾으러 나서야지.
부드러운 걸음으로 샤이어의 끝에서 끝까지
　찾아 헤맬 거야."
길을 나서 밤새 걸었지,
　털 장화를 신고.
큰말에 도착했을 땐 아침 햇살이 비추었어.
　사람들이 막 일어난 참이었지.

주위를 둘러보자 마주친 사람은 바로
　늙은 번스 부인과 일행,
우산과 바구니를 들고 거리를 걷고 있었지.
　그는 미소를 지으며 멈추어 소리쳤네.

"안녕하세요, 부인! 좋은 날이 되시기를!
  바라건대 건강하시지요?"
하지만 부인은 겁에 질려 비명을 지르며
  우산과 바구니마저 떨어뜨렸지.

근처를 어슬렁거리던 늙은 시장 포트는
  그 끔찍한 소리를 들었지,
겁에 질려 얼굴이 온통 붉으락푸르락,
  그러다가 땅 밑에 숨어 버렸지.
외로운 트롤은 상처받고 슬펐어.
  "가지 마세요!" 그는 부드럽게 말했지.
그러나 늙은 번스 부인은 미친 듯 집으로 달려가
  침대 밑에 숨었지.

트롤은 시장으로 걸어가
  진열대 너머를 슬쩍 쳐다보았네.
그의 얼굴을 보자 양들은 미쳐 날뛰었고,
  거위들은 담장을 넘어 날아가 버렸지.
늙은 농부 호그는 맥주를 쏟았고

푸줏간의 빌은 칼을 떨어뜨렸네,
그의 개 악바리는 꽁무니를 빼고
　　걸음아 나 살려라 달아났지.

늙은 트롤은 슬프게 앉아서 울었네,
　　감옥굴 문밖에서.
페리 더 윙클이 기어 올라가
　　머리를 톡톡 두드렸지.
"이봐, 왜 우는 거야, 이 커다란 멍청아?
　　너는 안보다 밖에 있는 게 더 나아!"
그러고는 트롤에게 친근하게 한 방 먹이고,
　　트롤이 찡그리는 걸 보고 웃었어.

"오, 페리 더 윙클 꼬마야." 그가 소리쳤지.
　　"자, 너야말로 내게 맞는 친구야!
네가 무등을 타고 싶으면,
　　집에 데려가서 차를 대접하지."
윙클은 등에 뛰어올라 꼭 매달려
　　"출발!"이라고 외쳤네.

97

그날 밤 윙클은 진수성찬을 먹고
　늙은 트롤의 무릎에 앉아 놀았지.

머핀과 버터 바른 토스트,
　잼과 크림, 케이크.
윙클은 많이 먹으려 애썼지,
　단추들이 모두 떨어져 나가더라도.
주전자는 노래하고, 난롯불은 뜨겁고,
　커다란 단지는 갈색,
윙클은 많이 마시려고 애썼지,
　차에 빠져 죽을지라도.

외투와 뱃가죽이 불룩하고 팽팽해지자,
　그들은 아무 말 없이 쉬었지.
마침내 늙은 트롤이 말했네. "이제부터
　빵 굽는 기술을 가르쳐 줄게,
아름다운 크램섬 빵과
　담백한 갈색의 보리빵.
그리고 나서 올빼미 털 베개를 베고

헤더 침대에서 잘 거야."

"윙클 꼬마야, 어디 갔다 왔니?" 사람들이 물었지.
　　"푸짐한 차를 대접받았어요.
아주 뚱뚱해진 기분이에요,
　　크램섬 빵을 먹었거든요." 그가 말했어.
"그런데 애야, 그곳이 샤이어 어디 있어?
　　저 너머 브리에 있나?" 그들이 말했지.
하지만 윙클은 벌떡 일어서서 딱 잘라 대답했어.
　　"말 안 할 거예요."

"난 어딘지 알아." 엿보기 좋아하는 잭이 말했지.
　　"윙클이 가는 걸 보았거든.
늙은 트롤의 등에 업혀 갔어,
　　먼두릅으로."
그러자 모두들 열렬히 길을 나섰지.
　　조랑말, 수레, 당나귀를 타고
언덕 위의 집에 도착하자
　　굴뚝 연기가 보였네.

그들은 늙은 트롤의 문을 두들겼지.

  "아름다운 크램섬 케이크를

우리에게도 구워 주세요, 하나만, 아니면 두 개, 아
니면 더,

  오, 구워 주세요!" 그들은 소리쳤어. "구워 주
세요!"

"돌아가, 집으로 돌아가!" 늙은 트롤이 말했지.

  "난 당신들을 초대한 적 없어.

목요일에만 빵을 굽거든.

  그리고 딱 몇 개만 구울 거야."

"돌아가! 돌아들 가라고! 뭔가 오해한 거야.

  내 집은 너무 작아.

머핀도 크림도 케이크도 없어.

  윙클이 다 먹어 버렸으니까!

당신들, 잭, 호그, 늙은 번스와 포트,

  다시 보고 싶지 않아.

가 버려! 모두들 가라고!

  윙클이 내게 딱 맞는 친구야!"

페리 더 윙클

그런데 페리 더 윙클은 크램섬 빵을
　　먹는 바람에 너무 뚱뚱해져서
조끼는 가슴에, 모자는 머리에
　　도무지 맞지 않았지.
목요일마다 차를 마시러 가서
　　부엌 바닥에 퍼질러 앉았으니까.
그가 점점 커지면서
　　늙은 트롤은 점점 작아 보였지.

지금도 노래에 전해지듯
　　제빵사 윙클은 유명해졌다네.
짧거나 긴 그의 빵에 대한 명성이
　　바다에서 브리까지 자자했지.
하지만 크램섬 빵만큼 맛있지는 않았어.
　　목요일마다 늙은 트롤이
페리 더 윙클에게 차 대접으로 내놓았듯이
　　버터를 풍부하고 아낌없이 넣지도 않았지.

9
뮬립

뮬립들이 사는 그늘은
　잉크처럼 시커멓고 축축한 곳,
끈적끈적한 늪으로 가라앉듯
　서서히 은은하게 종이 울리지.

감히 그 문을 두드리는 자는
　늪으로 가라앉아 버리지,
흉악한 괴물들이 싱글거리며 쳐다보고
　시끄러운 물줄기가 쏟아지는 사이에.

썩어 드는 강줄기 옆에서
　늘어진 버드나무들이 울고,

썩은 고기를 먹는 까마귀가 음울하게
　잠결에 깍깍거리지.

멀록 산맥을 넘어 길고 험난한 길을 지나
　잿빛 나무들이 서 있는 곰팡이 낀 골짜기,
달도, 해도 비치지 않고 바람도 물결도 일지 않는
검은 연못가에 튤립들이 숨어 있지.

　　깊고 축축하고 차가운
　　　움에 튤립이 앉아,
　　희미한 촛불 하나 켜 놓고
　　　황금을 세고 있다네.

　　젖은 벽과 천장에서 물이 뚝뚝 떨어지고
　　　옆걸음질 치며 문으로 갈 때
　　찰랑-철썩-찰싹
　　　발이 살짝 바닥을 스치네.

　　몰래 밖을 내다보지. 갈라진 틈으로

손가락들이 더듬으며 기어와,
일을 끝내면 네 뼈를 자루에 넣어 보관한
다네.

멀록 산맥을 넘어 길고 외로운 길을 지나
거미 그늘과 두꺼비 늪을 지나
매다는 나무들과 교수대 잡초의 숲을 지나
뮬립을 찾으러 가면, 뮬립의 먹이가 된다네.

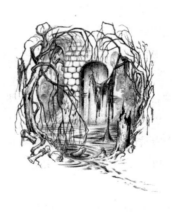

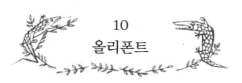

10
올리폰트

생쥐 같은 회색에
집채같이 큰 몸집
뱀 같은 코로
나는 풀밭을 터벅터벅 걸으며
대지를 진동시키지.
내가 지나면 나무들 부러지네.
나는 입에 뿔나팔 물고
큰 귀를 펄럭이며
남쪽 땅을 거닌다네.
헤아릴 수 없는 세월 속을
나는 터벅터벅 유랑할 뿐
땅에 눕는 법 없다네,

죽을 때조차도.
나는 올리폰트,
만물 중에 제일 크고
막대하고 늙고 우뚝하지.
만약 당신이 나를 만난 적 있다면
날 잊지 못하리.
만약 그렇지 않다면
당신은 내가 참되다고 생각지 않으리.
하나, 나는 늙은 올리폰트
거짓말하는 법 없다네.

11
파스티토칼론

보라, 파스티토칼론이 저기 있다!
다소 휑하지만
  상륙하기 좋은 섬.
자, 바다를 벗어나라! 햇빛 속에서
달리거나, 춤추거나, 누워 있자!
  보라, 저기 앉은 갈매기들!
      조심!
  갈매기들은 빠지지 않아.
저기 앉거나 으스대며 걷거나 깃털을 다듬지,
비밀 정보를 살짝 알려 주면서.
  누군가 감히
  그 섬에 정착하려 하거나

잠시 동안만이라도
아픔을 덜거나 젖은 몸을 말리거나
  혹시 찻물을 끓이려 한다면.

아, 어리석은 자들, 그의 몸에 상륙하여
조그마한 불을 피워
  차를 마시고 싶어 하다니!
그의 껍질은 두꺼울지 모르지.
자는 것 같지만 그는 잽싸다네.
  지금 바다에 떠 있지만
          간교하지.
톡톡 발걸음 소리를 듣거나
갑작스러운 열기를 어렴풋이 느끼면
          미소를 띠고
          물속으로 첨벙,
그는 즉시 몸을 뒤집어
그들을 떨어뜨려 물속 깊이 가라앉히지.
  그러면 그들은 어리벙벙한 가운데
    어리석은 목숨을 잃는다네.

현명하게 굴 것!
바다에는 괴물들이 많지만,
그처럼 위험한 것은 없지.
뿔 달린 늙은 파스티토칼론,
그의 강력한 친척들은 모두 사라져,
옛 거북 물고기의 마지막 후예.
그러니 목숨을 구하고 싶다면
　　이렇게 충고하지.
선원의 옛 지식을 무시하지 말고,
지도에 없는 해안에는 발을 들여놓지 말라고!
　　그보다 더 나은 것은,
남은 나날을 가운데땅에서 평화로이
　　흥겹게
　　마치라고!

12
고양이

깔개에 누운 뚱뚱한 고양이는
　　꿈꾸는 듯 보일지 모르지,
아주 흡족할
　　맛있는 생쥐나 크림을.
하지만 마음속에서 자유로이
　　굴하지 않고 당당하게
걷고 있을지 몰라, 큰 소리로
　　날씬하고 호리호리한 그의 종족들이
으르렁거리며 싸웠던 곳을,
　　혹은 동쪽 깊은 굴속,
짐승들과 연약한 인간들로
　　잔칫상을 벌였던 곳에서.

쇠 발톱을 가진
  거대한 사자,
피투성이 턱에
  무자비한 큰 이빨.
검은 점박이 표범,
  잽싼 걸음으로
높은 곳에서 살그머니 내려와
  먹이를 덮친다.
어둠 속에서 숲이 어렴풋이 보이는 곳—
  용맹하고 자유롭던
그들이 지금은 멀리 사라졌고
  그는 길들었지만
깔개 위의 뚱뚱한 고양이,
  애완동물로 갇혀 있지만,
그래도 잊지 않는다.

13
그림자 신부

홀로 살아온 남자가 있었지.
　낮과 밤이 지나는 동안,
돌 조각처럼 가만히 앉아 있어도
　그림자를 드리우지 않았지.
흰 올빼미들이 그의 머리에 내려앉았지,
　겨울 달빛 아래.
부리를 비비며 그가 죽었다고 생각했지,
　유월의 별빛 아래.

회색 옷을 입은 어느 숙녀가 왔지,
　여명 속에서 빛을 발하며.
한순간 그녀는 서 있었지,

머리칼을 꽃으로 휘감고.
돌에서 솟아오르듯 그는 깨어났네.
　자신을 얽맸던 주문을 깨뜨렸지.
그녀를 꼭 껴안았네, 살과 뼈 모두.
　그녀의 그림자로 자신을 둘러쌌지.

그녀는 더는 자기 길을 가지 못하지,
　햇빛이건 달빛이건 별빛 아래서건.
낮도 밤도 없는 곳
　저 아래 머물고 있다네.
하지만 일 년에 한 번 동굴이 하품하고
　숨은 것들이 깨어날 때면
그들은 새벽이 올 때까지 함께 춤을 추며
　단 하나의 그림자를 만든다네.

14
보물 창고

달이 갓 태어나고 해가 어렸을 때
신들은 은과 금을 노래했네.
초록 들판에 은을 흩뿌리고,
하얀 물결을 금으로 채웠네.
구덩이를 파거나 지옥이 하품하기 전,
난쟁이들이 태어나거나 용이 알에서 깨어나기 전,
옛 요정들이 있었지. 초록 언덕 아래
텅 빈 골짜기에서 강력한 주문을 노래했다네.
여러 가지 아름다운 것들과
요정 왕들의 빛나는 왕관을 만들면서.
하지만 그들은 몰락하고 노래는 희미해졌지,
쇠도끼에 잘리고, 강철 사슬에 묶여서.

노래하지 않고 입으로 미소 짓지 않는 탐욕이
어두운 굴에 요정들의 보물을 쌓았지.
아로새긴 은과 조각된 금,
요정의 고향 위에 그림자가 뒹굴었지.

어두운 동굴에 늙은 난쟁이가 살았네.
손가락이 은과 금에 달라붙었지.
망치와 집게와 모루를 가지고
등골이 빠지게 일했지.
동전을 만들고 반지들을 꿰어
왕들의 권력을 사겠노라 생각했지.
그러나 눈이 침침해지고 귀는 멀고
늙은 머리 살갗은 누렇게 변했지.
뼈만 앙상한 손가락 사이로
보석들이 창백한 빛을 발하며 빠져나갔지.
발소리도 듣지 못했네,
젊은 용이 갈증을 달랬을 때 땅이 전율했어도,
개울에서 올라온 연기가 그의 검은 문에 스며들어도,
축축한 바닥에서 불꽃이 쉭쉭거려도.

그는 붉은 불길에 싸여 홀로 죽었지.
그의 뼈는 뜨거운 곤란 속에 한 줌 재가 되었지.

회색 바위 아래 늙은 용이 살았지.
홀로 누워 붉은 눈을 끔뻑거렸네.
기쁨은 사라지고 젊음은 소진되어
몸뚱이는 혹과 주름투성이,
오랜 세월 금에 묶여 다리는 구부러지고,
마음의 용광로에서 불길은 사그라졌지.
끈끈한 뱃가죽에 보석들이 두텁게 박혀 있어,
은과 금 냄새 맡으며 핥곤 했지.
가장 작은 반지도 어디 있는지 알고 있었네,
그의 검은 날개에 덮인 어둑한 곳에서.
딱딱한 침상에 누워 도둑들을 생각했지.
그들의 살을 먹는 꿈을 꾸었지.
뼈를 뭉개고 피를 마시고.
그의 귀가 늘어지고 숨결이 약해졌지.
갑옷 사슬이 울렸네. 그는 듣지 못했지.
그의 깊은 동굴에서 목소리가 울려 퍼졌지.

빛나는 칼을 든 젊은 전사가
보물을 지키라고 그에게 외치는 소리.
그의 이빨은 칼, 그의 가죽은 뿔.
하지만 쇠가 그를 찢어놓고, 그의 불은 꺼져 버렸지.

높은 옥좌에 늙은 왕이 앉아 있었지.
뼈만 앙상한 무릎에 흰 수염이 늘어졌고,
그의 입은 아무 음식도 맛보지 않았고
그의 귀는 노래를 듣지 않았네. 오로지
조각된 뚜껑이 달린 커다란 궤만 생각했지,
창백한 빛을 발하는 보석과 금이 숨겨진 곳,
어두운 땅속 비밀 보물 창고에.
그 튼튼한 문은 쇠로 잠겨 있었지.
그의 시종들의 칼은 녹슬어 무디고,
그의 명예는 추락하고, 그의 지배는 정의롭지 않고,
그의 왕궁은 텅 비고, 그의 침실은 차갑지만,
그는 요정의 황금을 차지한 왕이었지.
산 고갯길에서 울리는 뿔나팔 소리도 듣지 못했고,
짓밟힌 들판에 흩뿌려진 피 냄새도 맡지 못했네.

하지만 그의 왕궁은 타 버렸고 그의 왕국은 빼앗겼지,
차가운 구덩이에 그의 뼈는 던져졌다네.

컴컴한 바위 아래 옛 보물이 있다네,
누구도 열 수 없는 문 뒤에 잊힌 채.
누구도 통과할 수 없는 소름 끼치는 문.
그 언덕에 초록 풀이 자라지.
양들이 풀을 뜯고 종달새가 날아오르고,
바닷가에서 바람이 불어오는 곳.
그 옛 보물을 밤이 지킬 거라네,
땅이 기다리고 요정들이 잠자는 동안.

15
바다의 종

바닷가를 걷고 있을 때 내게 다가왔지.
　젖은 모래 위 별빛처럼
바다의 종 같은 하얀 조가비,
　내 젖은 손에서 떨었지.
흔들리는 손가락 사이로 들려왔지.
　안에서 깨어나는 종소리, 항구 앞 바다에서
흔들리는 부표, 끝없는 바다 너머에서 울리는
　이제는 희미하고 아스라한 부름.

그리고 고요히 떠 있는 배를 보았지.
　텅 빈 잿빛 밤물결 위,
"늦은 지도 한참 지났어! 왜 기다리고 있지?"

　나는 뛰어올라 소리쳤지. "날 실어 가 줘!"

그 배는 나를 실어 갔네, 포말에 젖어,
　안개에 싸여, 졸음에 감겨,
낯선 땅의 잊힌 바닷가로.
　어스름 속 깊은 바다 너머에서
굽이치는 놀에 흔들리는 바다의 종을 들었지.
　딩, 딩, 위험한 암초의 숨은 톱니에
부서지는 파도가 포효하네.
　마침내 긴 해안에 다다랐지.
하얗게 가물거리며 은 그물에 반사된
　별빛으로 자글거리는 바다,
어금니처럼 희끄무레한 절벽,
　달 거품에 젖어 은은히 빛났지.
반짝이는 모래가 내 손가락 사이로 빠져나갔지.
　진주 먼지와 보석 가루
오팔 나팔과 산호 장미,
　초록과 자수정 피리.

하지만 절벽 아래 암회색 잡초에 가려진
   어둑한 굴들이 있었지.
내가 서둘러 달아날 때,
   찬 공기가 내 머리칼을 휘젓고, 빛이 이울었지.

언덕에서 흘러내리는 녹색 실개천,
   마음이 편해지도록 그 물을 마셨지.
그 샘의 계단을 올라 영원한 저녁의 아름다운 땅으로
   나는 갔다네. 바다에서 멀리 떨어진,
명멸하는 그림자들의 초원으로 올라갔지.
   떨어진 별처럼 꽃들이 피어 있었네.
유리처럼 차갑고 푸른 연못에
   떠다니는 달처럼 수련이 떠 있었지.
잡초가 잔물결을 일으키는, 유유히 흐르는 강가에서
   오리나무는 잠들고 버드나무는 흐느꼈지.
여울목을 지키는 붓꽃 칼,
   녹색 창 그리고 화살 갈대.

저녁 내내 골짝 아래로

노랫소리가 메아리쳤지. 온갖 것들이
사방으로 뛰어다녔네. 눈처럼 흰 산토끼,
　굴에서 나온 들쥐, 호롱 눈이 달린
나방이 날갯짓하고, 놀란 오소리는
　가만히 검은 문밖을 응시했지.
춤추는 소리도 들렸지, 공중에 울리는 음악 소리,
　초록 풀밭 위를 빠르게 움직이는 발소리.
하지만 어디를 가든 언제나 똑같았지.
　발소리는 달아나고 완전한 정적뿐.
인사도 없이 달아나기만 하는
　피리 소리, 목소리, 언덕 위의 뿔나팔 소리.

강가의 이파리와 골풀 단으로
　나는 만들었지, 보석빛 초록 외투와
긴 지팡이 그리고 금색 깃발.
　내 눈은 별처럼 반짝였지.
화관을 쓰고 흙더미 위에 서서
　수탉처럼 날카로운 소리로
당당하게 소리쳤지. "왜 숨는 것이냐?

　내가 가는 곳 어디든, 왜 아무도 말하지 않는가?
이 땅의 왕, 내가 여기 서 있다,
　붓꽃 칼과 갈대 직장職杖을 들고.
내 부름에 답하라! 모두 앞으로 나오라!
　내게 말하라! 얼굴을 보여라!"

밤의 장막처럼 검은 구름이 나왔지.
　시커먼 두더지처럼 더듬거리며 가다가
땅에 떨어졌네, 나는 눈이 멀고
　등이 굽어 두 손으로 기어서.
숲으로 기어갔지. 죽은 이파리들 사이에
　고요히 서 있는 숲, 헐벗은 가지들.
오락가락하는 정신으로 거기 앉아야 해,
　올빼미들이 텅 빈 집에서 코를 고는 동안.
일 년과 하루 동안 그곳에 머물러야 해.
　딱정벌레는 썩은 나무에서 딱딱거리고,
거미들이 줄을 치고, 작은 흙더미에서 자라난
　말불버섯이 내 무릎께서 어렴풋이 보였지.

마침내 내 긴 밤에 빛이 들었네.
　늘어진 내 잿빛 머리칼이 보였지.
"몸은 굽었지만, 바다를 찾아야 해!
　길을 잃었고, 길을 알지 못해.
하지만 떠나게 해 줘!" 그러고는 비틀거리며 나아갔지.
　사냥하는 박쥐처럼 그림자가 나를 덮었네.
귀를 먹먹하게 만드는 혹독한 바람,
　깔쭉깔쭉한 찔레 덤불로 몸을 가리려 했지.
손은 찢어지고 무릎은 닳아 버렸고
　세월이 등에 무겁게 내려앉았지.
그때 내 얼굴에 흐르는 빗물에서 소금기를 맛보고
　해초 냄새를 맡았다네.

새들이 가냘픈 울음소리를 내며 날아왔지.
　차가운 동굴에서 목소리들이 들려오고,
물개들이 짖어 대고, 바위들이 으르렁거렸지.
　고래의 분수 구멍에서 파도가 꿀꺽꿀꺽.
겨울이 빨리 찾아왔지. 안개 속을 지나
　내 생애를 짊어지고 땅끝으로 갔네.

허공에 눈이 날리고, 내 머리칼에 얼음이 달라붙고,
　　마지막 해안에 어둠이 누워 있었지.

거기 아직도 배가 기다리고 있었지,
　　물결을 타고, 뱃머리를 흔들며.
나는 지쳐 누워 있었네, 그 배에 실려
　　파도를 오르고, 바다를 건너,
갈매기들이 떼 지어 몰려든 낡은 선체들과
　　환하게 빛나는 커다란 배들을 지나,
까마귀처럼 검고, 눈처럼 고요하며
　　깊은 밤에 잠긴 항구로 가는 동안.

집들은 덧문을 내렸고, 바람은 집들 사이를 돌며 웅얼거
　　리고,
　　길은 텅 비어 있었지. 나는 문 옆에 앉았지.
보슬비가 배수구에 쏟아져 내리는 곳에서
　　가져온 것들을 모두 내버렸지.
움켜쥔 손안에 모래알 몇 개,
　　고요히 죽어 있는 조가비 하나.

127

내 귀는 다시 종소리를 듣지 못할 거라네.
　　내 발은 그 해안을 밟지 못할 거라네.
다시는, 슬픈 오솔길과
　　막다른 골목, 긴 거리를
기진맥진 걷고 있으니. 나는 내게 말한다네,
　　아직 그들은 말이 없으니까, 내가 마주친 사람들은.

16
마지막 배

피리엘은 세 시에 밖을 내다보았어.
  회색 밤이 지나고 있었지.
멀리서 황금 수탉이
  맑고 날카로운 소리로 울고 있었지.
나무들은 어둡고, 새벽은 흐릿하고,
  깨어나는 새들은 짹짹거리고,
차갑고 약한 바람이 일어,
  어둑한 이파리 사이로 살며시 불어 갔지.

창가의 어슴푸레한 빛이 커지는 걸
  긴 빛이 땅과 이파리에 가물거릴 때까지,
그녀는 지켜보았네. 풀 위에서는

회색 이슬이 희미하게 빛났지.
그녀의 흰 발이 살금살금 바닥을 스쳤고
경쾌하게 계단을 내려갔지.
풀밭을 가로질러 춤추며 나아갔지,
온통 이슬에 젖은 채.

긴 옷 자락에 보석이 달린 채,
강으로 달려 내려가
버드나무 줄기에 기대
떨리는 강물을 바라보았지.
물총새 한 마리가 떨어지는 돌멩이처럼
푸른 섬광에 뛰어들었고,
구부러진 갈대들이 살며시 바람에 나부끼고,
백합 잎들이 뻗어 나가고 있었지.

갑자기 음악이 그녀에게 들려왔어,
아침의 불꽃 속에서 풀린 머리카락이
어깨에 흘러내린 채 그녀가
발한 미광과 함께 서 있을 때.

피리 소리와 하프 소리,
　예리하고 앳된 바람 소리처럼
노랫소리가 들리고,
　멀리서 종소리가 울렸지.

황금빛 이물과 노, 하얀 선재로 만든
　배 한 척이 미끄러져 왔지.
백조들이 그 앞에서 헤엄치며
　높은 뱃머리를 인도했네.
요정의 땅에 사는 아름다운 이들이
　은회색 옷차림으로 노를 젓고 있었지.
반짝이며 흐르는 머리칼에 왕관을 쓴
　세 명이 서 있는 것을 그녀는 보았지.

하프를 들고 그들은 노래를 불렀네,
　느리게 젓는 노에 맞춰.
"땅은 초록빛, 기다란 나뭇잎들,
　새들은 노래한다.
많은 날들이 황금빛 새벽으로

이 땅을 밝히리라,
많은 꽃들이 앞으로 피어나리라,
  밀밭이 하얗게 변하기 전에."

"어디로 가나요, 아름다운 사공들이여,
  미끄러지듯 강을 따라서?
거대한 숲속에 숨어 있는
  은밀한 거처로, 여명의 땅으로?
강인한 백조들이 날아다니는
  북쪽 섬들과 암석 해안으로?
흰 갈매기들이 울어 대는
  차가운 물가에 홀로 머물려 합니까?"

"아니요!" 그들이 대답했지. "멀리
  마지막 여행길에서
서쪽 잿빛 항구를 떠나,
  그늘의 바다를 건너
요정의 고향으로 돌아갑니다.
  백색성수가 자라는 곳,

마지막 배

마지막 해안에 흐르는
  포말에 별빛이 비치는 곳.

유한한 생명의 들판에 작별을 고하고
  가운데땅을 떠납니다!
요정의 고향 높은 탑에서
  맑은 종이 흔들립니다.
여기 풀은 시들고 나뭇잎들은 떨어지고,
  해와 달은 이울지요.
우리는 그곳으로 오라는
  먼 부름을 받았습니다."

노가 멈추어졌지. 그들은 몸을 돌렸네.
  "그 부름이 들립니까, 땅의 처녀여?
피리엘! 피리엘!" 그들은 소리쳤지.
  "우리 배는 가득 차지 않았어요.
한 명만 더 실을 수 있습니다.
  오세요! 당신의 나날은 빨리 흘러가니까요,
오세요! 요정처럼 아름다운 땅의 처녀여,

우리의 마지막 부름을 들으세요."

강둑에 서서 피리엘은 바라보았지.
　　과감하게 한 발 내디뎠지만,
그때 발이 진흙에 푹 빠져 들어갔지.
　　그녀는 망설이며 응시했네.
천천히 요정의 배는 지나갔지,
　　물결 사이로 속삭이며.
"난 갈 수 없어요!" 그녀의 외침이 들렸네.
　　"땅의 딸로 태어났으니까요!"

화려한 보석이 그녀의 옷에 달려 있지 않았지,
　　초원에서 돌아와,
지붕과 어두운 문 아래로,
　　집들의 그림자 아래를 걸을 때.
황갈색 일옷을 걸치고,
　　긴 머리칼을 땋아 내리고,
일하러 걸어갔지.
　　곧 햇빛이 사라졌네.

해마다 여전히
　　일곱 강이 흘러간다네.
구름이 지나가고, 햇빛이 작열하고,
　　갈대와 버드나무가 아침저녁으로 나부끼고.
하지만 서쪽으로 가는 배는 더는
　　유한한 생명의 물을 전처럼
건너지 않았다네.
　　그들의 노래는 사라지고 말았지.

해설

옥스퍼드대학교, 머튼대학 정원에서
『톰 봄바딜의 모험과 붉은책의 다른 시들』을 읽고 있는 J.R.R. 톨킨, 1968년.
존 와이어트의 사진.

머리말

톨킨은 『톰 봄바딜의 모험과 붉은책의 다른 시들』 이전에 『햄의 농부 가일스』(1949) 서문과 『호빗』 재판본(1951)의 서문에서도 자신을 고문서 편집자나 번역자로 제시했다. 『반지의 제왕』(1954~1955)에서는 이 작품과 『호빗』이 동일한 원전, 즉 『서끝말의 붉은책』에서 나온 것이라고 '설명'했다. '붉은책'이라는 제목은 『헤르게스트의 붉은책』과 『카르마르덴의 검은책』 같은 중세의 모음집 제목을 연상시킨다. 톨킨의 이야기들을 놓고 보면 그 제목은 『반지의 제왕』 끝부분(제6권 9장)에서 언급된 책들을 가리키는데, 그 중 하나에 『반지의 제왕, 그의 몰락과 왕의 귀환』이라는 제목이 붙어 있다. 『반지의 제왕』 프롤로그에서 『붉은책』에는 『반지의 제왕』 본연의 이야기 외에 많은 이야기가 들어 있다고 설명된다.

따라서 톨킨은 『톰 봄바딜의 모험』시집의 서문에서 "첨부된 이야기들과 연대기" 그리고 "낱장에" 적혀 있거나 "여백과 빈 공간에 부주의하게 적힌" 시들에 대해 언급한다. 이처럼 자신이 편집자라는 허구를 확대함으로써 그가 1962년에 발간할 책을 위해 쓰거나 수정했던 시들은 가운데땅의 자료 안에서 역사성을 확보하고, 동시에 호빗 문화에 대한 언급이나 이름 및 인물에 관한 주를 통해서 가운데땅의 자료가 확대된다. 이 서문은 또한 텍스트 연구에 대한 풍자적 모방으로서, 랜덜 헬름스가 『톨킨의 세계』(1974)에서 말했듯이, 좋지 않은 시라는 공격에 대해 스스로를 풍자하는 '보호' 장치―이 시들은 톨킨이 쓴 것이 아니라 호빗들의 작품으로 제시되므로―로 작용한다. 또한 톨킨이 2차적 신뢰라고 부른 것―『반지의 제왕』에서처럼 진지하지는 않지만―을 확보하는 수단으로 작용하며, 그 신뢰를 가지고 독자는 기꺼이 이야기의 틀 속으로 들어간다.

아래 이어지는 논의에서 우리는 특정한 시에 대한 톨킨의 허구적 주장 가운데 몇 가지, 가령 다섯 번째 시 「달나라 사람이 너무 늦게 머물렀다네」를 『호빗』의 주인공인 골목쟁이네 빌보가 썼다는 주장에 대해 언급한다. 다른 시들은 감지네 샘 혹은 'SG', 혹은 골목쟁이네 프로도가 썼다고, 또는 『반지의 제왕』에서 유래했다고 언급된다. 여기 수록된 시 중에서 무슨 이유에서인지 서문에서 언급되지 않는 시는 「뮬립」뿐이다.

톨킨은 서문에서 어떤 ('호빗들이 지은') 시들의 "낯선 단어"와 "운을 맞추거나 운율로 기교를 부리"는 것에 관해 간략하게 언급한다. 우리는 특이하거나 흔치 않은 단어, 혹은 우리에게 그렇게 보이는 단어들에 대해 논의하며 주를 달았다. 하지만 독자들은 특히 그 시들을 소리 내어 읽으면 다양한 운의 패턴과 이따금 기발한 변형을 쉽게 감지할 것이다. 책 제목의 시처럼 어떤 시들은 간단한 압운 2행 연구(AABB)로 되어 있지만 다른 시들은 더욱 복잡하다. 어떤 (「방랑」 같은) 시는 외적 운율뿐 아니라 내적 운율이 있고 이따금 두운도 나온다. 「보물 창고」에는 앵글로색슨 시의 관행으로 '중간 휴지caesura', 즉 각 시행의 중간에 멈추는 부분이 있다. 호빗들이 좋아한다고 일컬어진 시의 속성과 시를 짓는 행위는 톨킨 자신에게도 즐거움을 주었다. 『반지의 제왕』을 독일어로 번역한 마거릿 카루에게 언급했듯이 그는 "(지금은 구식이 된) 율격 장치와 어휘를 다루는 재주에 기뻐했고 […] 내가 상상한 [『호빗』과 『반지의 제왕』에서 가운데땅의] 역사적 시대를 시인들과 노래하는 사람들, 그리고 청중이 언어의 기예에 즐거워하는 시대로 제시하면서 즐거웠습니다(1968년 9월 29일, 스컬 & 해먼드, 『J.R.R. 톨킨 안내서와 길잡이: 독자 길잡이』, 2006년, 768쪽).

서문 앞부분의 빌보가 "휘갈겨 쓴 낙서"에서 weathercock (수탉 바람개비)는 새 모양의 친숙한 풍향계(weathervane이라고도 하기에 톨킨은 "all is vane[vain](모두 바람개비야)"라고 말장난을 한다)이다. throstlecock(노래지빠귀), 간단히 써서 throstle은 song thrush의 옛 이름이다.

서문의 첫 번째 주석에 포함된 강 이름 세르니Serni는 이 작품의 모든 예전 판본들에는 Sernui로 적혀 있고 일부 판본에서 키릴Kiril은 Kirl로 잘못 적혀 있다. 어쨌든 『반지의 제왕』의 모든 판본에 Serni로 적혀 있고, 폴린 베인스가 1970년에 그린 〈가운데땅의 지도〉의 지명에 관해 조언한 1969년의 편지 같은 톨킨 말년의 글에도 그 철자로 적혀 있다. 그래서 여기서도 그 철자를 사용했다. (하지만 칼 F. 호스테터가 알려 주었듯이, 톨킨이 창안한 언어 신다린에서 lithui

'잿빛인'과 같은 방식으로 Sernui는 sarn '돌'에서 파생한, 입증되지 않은 형용사 형태, 즉 '돌로 된'이 될 수 있다. 후기의 글 「곤도르의 강과 봉화대」에서 톨킨은 Serni에 동일한 어원을 제시한다.) 『반지의 제왕』 본문에서 Kiril은 Ciril로 표기되어 있는데, 요정어 이름과 단어의 철자를 전체적으로 K 대신 C로 표기하려는(발음은 K로 나지만) 톨킨의 늦은 결정에 따른 것이었다. 하지만 『반지의 제왕』 지도의 원본에는 Kiril로 남아 있는데, 출판 과정에서 뒤늦게 결정되었기 때문이었다. 『봄바딜』의 서문에서 Kiril은 Ciril로 표기되어야 한다. 이것이 톨킨이 최종적으로 선호하였고 『반지의 제왕』 지도의 후기 판본과 인쇄본 대부분에 사용된 철자였다. 반면에 Sernui는 Serni의 오식이었을 가능성이 크다. 서문에서 톨킨은 1962년에 나온 『반지의 제왕』 지도에 따라 표기하기로 결정한 듯 보이기 때문이다. 그래서 주석의 Kiril을 그대로 두는 것이 (일관성은 없더라도) 타당하게 보였다.

그 밖에도 조지 앨런 앤드 언윈 사에서 1962년에 발행한 재판본부터 이 책에 이르기까지 모든 『톰 봄바딜과 붉은책의 다른 시들』의 서문에는 엄밀히 말해서 두 가지 오류가 있다. 첫 번째 인쇄본에서 「고양이」와 「파스티토칼론」은

이 순서로 실렸지만 두 번째 인쇄본에서는 순서가 바뀌었다. 하지만 서문에서 이 시들을 가리킨 11번과 12번 숫자는 수정되지 않았다(아래 「파스티토칼론」의 주를 보라). 톨킨은 시의 순서를 바꾸는 데 동의했지만 그에 따라 서문을 수정할 것인지에 대한 논의는 앨런 앤드 언윈 사와 주고받은 편지 어디에서도 찾아볼 수 없다. 그런 증거가 없고 11번과 12번 시에 관한 톨킨의 서문 논평은 뒤바뀐 순서에도 (적절하지는 않더라도) 적용되므로, 원래의 본문을 그대로 두었다.

톰 봄바딜의 모험

「톰 봄바딜의 모험」의 첫 번째 판본은 1934년 2월 15일
《옥스퍼드 매거진》에 같은 제목으로 발표되었다.

늙은 톰 봄바딜은 유쾌한 친구,
윗도리는 하늘색, 장화는 노란색
언덕 아래 살았지, 공작 깃털이
낡은 모자에서 까닥이고 비바람에 흔들렸지.

늙은 톰 봄바딜은 풀밭을 거닐며
미나리아재비 꽃을 따고, 그림자를 쫓아 달리고,
꽃 속에서 윙윙거리는 호박벌을 간질이고,
몇 시간이고 물가에 앉아 있었다네.

그의 수염이 물속으로 길게 늘어졌지.
강 여인의 딸, 금딸기가 다가와
늘어진 톰의 수염을 잡아당겼네. 톰은 수련 밑으로
첨벙, 거품을 일으키고 물을 꿀꺽 삼켰네.

"헤이, 톰 봄바딜! 어디 가나요?"
아름다운 금딸기의 말. "거품을 불어서
물고기와 갈색 물쥐를 겁주고,
농병아리를 놀라게 하고, 깃털 모자를 물에 빠뜨리면서."

"모자를 돌려줘요, 어여쁜 아가씨!"
톰 봄바딜의 말. "물속을 걷기 싫거든.
내려가요! 그늘진 웅덩이에서 다시 잠들어요,
버드나무 뿌리 저 밑에서, 작은 물의 숙녀여!"

가장 깊고 우묵한 곳의 어머니 집으로
젊은 금딸기는 헤엄쳐 갔네. 톰은 따라가지 않을 거라네.
뒤엉킨 버드나무 뿌리에 앉아 화창한 날씨에
노란 장화와 흠뻑 젖은 깃털을 말렸지.

버드나무 인간이 깨어나 노래를 시작했네,
노래를 불러 흔들리는 가지 아래 톰을 깊이 잠재우고,
갈라진 틈새로 그를 꽉 잡았지. 소리 없이 틈새가 맞물려,
톰 봄바딜은 덫에 갇혔네, 외투와 모자와 깃털도.

"하하, 톰 봄바딜! 뭘 생각하는 거야,
내 나무속을 엿보고, 나무집 깊은 곳에서
내가 마시는 걸 지켜보고, 깃털로 나를 간질이고,
궂은날인 양 물을 뚝뚝 떨궈 내 얼굴을 적시고?"

"나를 다시 꺼내 놔, 버드나무 영감아!
여기서 뻣뻣해졌어. 네 딱딱하고 꼬부라진 뿌리는
베개가 아니야. 네 강물을 마셔!
강의 딸처럼 다시 잠자러 가!"

버드나무 영감은 그의 말을 듣고 풀어 주었지.
나무속에서 중얼거리고, 투덜거리고 삐걱거리며
나무집을 단단히 잠갔지. 톰은 앉아서 귀를 기울였네,
가지 위에서 짹짹거리는 새들이 재잘거리며 지저귀는 소

리를.
가볍게 떨며 반짝이는 나비를 보았지.
톰은 토끼들을 불렀지, 해가 질 때까지.

그제야 톰은 자리를 떴지. 빗방울이 흩날리기 시작하자
흐르는 강에 동그란 원들이 후두두 떨어졌네.
구름이 지나가며 물방울을 허겁지겁 떨어뜨렸지.
늙은 톰 봄바딜은 비를 피할 곳으로 기어들었네.

밖으로 나왔지, 눈같이 흰 이마에
검은 눈을 끔뻑거리는 오소리. 아내와 많은 아들들과 함께
언덕에서 더듬어 찾아다녔지. 외투 자락으로 그를 붙잡
    았다네.
구덩이 속으로, 자기들 굴로 그를 끌어내렸지.

비밀 집에 앉아서 그들은 웅얼거렸지.
"호, 톰 봄바딜! 어디서 굴러온 거야,
정문에 와서 부딪히고? 오소리 가족이 너를 잡았어.
결코 찾아낼 수 없을걸, 우리가 너를 끌어온 길을!"

"자, 늙은 오소리, 내 말이 들리느냐?
당장 나가는 길을 보여 줘! 나는 걸어 다녀야 해.
장미딸기 아래 네 뒷문으로 가는 길을 보여 줘.
더러운 네 앞발을 닦고, 흙 묻은 네 코를 문질러!
네 지푸라기 베개를 베고 다시 잠들어,
아름다운 금딸기와 버드나무 영감처럼!"

그러자 오소리 가족이 말했지. "죄송합니다!"
가시 많은 그들 정원으로 나가는 길을 톰에게 보여 주고,
돌아가서는 숨어서 후들후들 덜덜 떨면서
흙을 긁어모아 모든 문들을 막아 버렸지.

늙은 톰 봄바딜은 저녁 먹으러 서둘러 집으로 돌아와,
문을 열고, 덧문을 올렸지.
부엌에 지는 햇살을 들여놓고
살짝 내다보는 별들과 떠오르는 달을 보았지.

언덕 아래 어둠이 찾아들었네. 톰은 촛불을 밝히고,
삐걱거리며 위층으로 올라가, 손잡이를 돌렸지.

149

"후, 톰 봄바딜! 너를 기다렸다.

여기 문 뒤에서! 땅을 뚫고 나와 네 앞에 섰다!

저기 언덕 꼭대기 돌들이 빙 둘러싼

옛 무덤에 살고 있는 고분악령을 너는 잊었겠지.

그가 오늘 밤에 풀려났다. 땅속으로 너를 데려가마!

불쌍한 톰 봄바딜, 창백하고 차갑게 만들어 주지!"

"나가라! 문을 닫아, 쾅 닫으면 안 돼!

희번덕거리는 눈길을 치워라. 네 허허로운 웃음을 가
     져가!

풀 덮인 고분으로 돌아가라. 네 돌베개 위에

뼈만 앙상한 머리를 눕혀라, 버드나무 영감처럼,

젊은 금딸기처럼, 굴속의 오소리처럼!

숨겨진 금과 잊힌 슬픔으로 돌아가라!"

고분악령은 창문을 뛰어넘어 달아났지,

마당을 지나 담을 넘어 언덕 위로 울부짖으며,

졸고 있는 하얀 양들을 지나 기울어진 돌들이 둘러싼 곳
     을 넘어,

다시 외로운 무덤 속으로, 뼈 고리를 덜걱거리며.

늙은 톰 봄바딜은 베개에 누웠지.
금딸기보다 달콤하고, 버드나무보다 조용하고,
오소리 가족이나 고분악령보다 편안하게
윙윙거리는 팽이처럼 잤다네, 풀무처럼 코를 골며.

아침 햇살에 깨어나 찌르레기처럼 휘파람을 불고
노래를 불렀지. "오라, 데리돌, 메리돌, 나의 연인이여!"
해진 모자, 장화, 외투와 깃털을 재빨리 걸치고
화창한 날씨에 창문을 활짝 열었네.

늙은 톰 봄바딜은 현명한 친구,
윗도리는 하늘색, 장화는 노란색.
누구도 늙은 톰을 잡지 못했지, 풀밭을 걸을 때나,
겨울이나 여름이나, 밝은 곳이나 그늘진 곳이나,
골짜기를 내려오거나 언덕을 오르거나 시내를 건너뛰
   거나—
그러나 어느 날 톰은 다가가 강의 딸을 붙잡았네,

긴 초록 옷을 입고, 머리칼을 풀어 놓고, 골풀에 앉아
덤불의 새들에게 옛 노래를 불러 주던 그녀를.

그녀를 잡아 꼭 안았다네! 물쥐들은 허둥지둥 달아났고,
갈대는 쉿쉿거리고, 왜가리는 소리치고, 그녀의 가슴은
　팔딱거렸지.
톰 봄바딜이 말했어. "나의 어여쁜 아가씨!
나와 함께 집으로 가요! 식탁이 차려져 있어요.
노란 크림, 꿀, 흰 빵과 버터,
창틀에서 장미가 덧문 사이로 살짝 엿보고.
언덕 아래로 가요! 잡초가 우거진 깊은 연못의
어머니는 걱정 말고, 거기서는 연인을 찾을 수 없으니!"

늙은 톰 봄바딜은 유쾌한 결혼식을 올렸지,
낡은 깃털을 버리고 미나리아재비 화관을 쓰고.
물망초와 창포 화환을 두른 신부는
은녹색 옷을 입었지. 그는 찌르레기처럼 노래 불렀네,
꿀벌처럼 콧노래를 부르고, 바이올린에 맞춰 경쾌하게
　움직이며,

152

강 처녀의 가냘픈 허리를 꼭 안았지.

그의 집 등불이 어슴푸레하게 비추고, 침구는 하얗게 빛
　났지.
밝은 밀월의 빛 속에 오소리 가족이 걸어와,
언덕 아래에서 춤추었네. 버드나무 영감은
창유리를 똑똑 두드렸지, 그들이 베개를 베고 자는 동안.
강둑 갈대밭에서 강의 여인이 한숨짓는 소리를
고분에서 소리 지르던 고분악령이 들었다네.

늙은 톰 봄바딜은 신경 쓰지 않았네, 목소리,
창틀과 문 두드리는 소리, 춤추는 발소리, 밤의 온갖 소
　음을.
해가 떠오를 때까지 자고 일어나 찌르레기처럼 노래
　했지.
"헤이, 오라, 데리돌, 메리돌, 나의 연인이여!"
문간에 앉아 버드나무 막대기를 자르며,
아름다운 금딸기가 노란 머리 타래를 빗질하는 동안.

크리스토퍼 톨킨은 부친이 "명백히 1930년대 중반에 [쓴] 톰 봄바딜의 기원"이라고 메모를 붙인 짧은 시 혹은 (다섯 연으로 구성된) 시의 일부를 『어둠의 귀환』(1988년, 115~116쪽)에 실었다. 그 시는 이렇게 시작한다.

　　　(내가 말했지)
　"헤이, 톰 봄바딜
　　어디 가고 있어?
　존 퐁파두르와
　　노 저어 강을 내려가며?"

크리스토퍼 톨킨은 이 시와 메모가 "꽤 나중에" 작성되었다고 말한다. 《옥스퍼드 매거진》에 「톰 봄바딜의 모험」이 발표된 날짜를 볼 때, 작가가 상당히 오랜 시간이 지나 되돌아보면서 '1930년대 중반'이라고 썼으리라는 것이다. 이 시는 수수께끼 같은 작품이다. 이 원고를 쓴 것은 나중이지만 「봄바딜」 시(또는 그 인물, 혹은 둘 다)의 원본이라는 의미에서 "톰 봄바딜의 기원"이라면, 이것은 훨씬 이전에 쓴 원고의 사본일 테고, 그 원고가 얼마나 일찍 만들어졌는지는 누구도 알 수 없다. 톨킨은 「톰 봄바딜의 모험」의 발췌 부분을 '요정어' 서체로 적어도 다섯 번 썼고 그때가 대략 1931년으로 거슬러 올라간다는 사실을 고려하면 그 역사는 더욱 복잡해진다. 그렇다면 이 '기원'은 발췌 부분들보다 먼저 쓰였어야 한다. 그런데 이 '기원'의 내용과 형식은 「톰 봄바딜의 모험」이 아니라 그 속편 「봄바딜이 뱃놀이 가다」에서 발전되고 있음을 알 수 있다.

1934년에 발표된 시는 『톰 봄바딜의 모험과 붉은책의 다른 시들』에 실린 시와 매우 유사하지만 사소한 차이점들이 많이 있다. 가장 눈에 띄는 것은 이전 시에서 톰의 모자에 공작새의 깃털이 꽂혀 있지만 1962년 수정본에는 백조 날개 깃털로, 『반지의 제왕』(제1권 6장. 더 나아가 「봄바딜이 뱃놀이 가다」에 붙인 주를 보라)에는 '기다랗고 파란 깃털'로 되어 있다. 10연에서 톰이 토끼들을 부르는 것은 놀기 위해서일 것이다. 원래 시에서 톰은 가운데땅과 관련이 없었기 때문에 버들강에 대한 언급이 없었고, 오히려 그는 "(사라져 가는) 옥스퍼드와 버크셔 시골의 정신"(스탠리 언윈에게 보낸 편지, 1937년 12월 16일, 『편지들』, 19번 편지)으로 여겨졌다. 《옥스퍼드 매거진》의 마지막 연에서 '데리돌'은 '데

리롤'로 인쇄되었는데 필시 오류일 테고 위에 제시된 본문에서는 수정되었다.

톰 봄바딜, 금딸기, 버드나무 영감, 고분악령 같은 등장인물은 그러므로 1934년 시에 이미 존재하고 있었으므로 톨킨이 『반지의 제왕』을 쓰게 되었을 때 다시 사용할 수 있었다. 이 소설에서 (최종적으로 발간되었을 때) 톰은 다시 '낡아빠진 모자'와 '노란 목 긴 구두', '푸른 외투' 차림으로 등장하여 종종 압운 2행 연구로 노래한다. 또한 시에서 묘사된 대로 금딸기는 긴 초록 옷에 "하늘색 물망초 꽃술이 새겨"진 "붓꽃을 한 줄로 꿴 듯한"(제1권 7장) 허리띠를 두르고 있다.

톨킨이 1962년 시집을 내기 위해 《옥스퍼드 매거진》에 실린 시를 수정하는 과정에 나온 원고에서 (보들리언 도서관, 옥스퍼드, MS Tolkien 19, ff. 1~5) 한동안 톰은 넓은 은제 허리띠 버클을 달았고, 시의 마지막에 두 행이 더 붙어 있었다. "늙은 톰 봄바딜은 명랑하게 웃으며 살았네/그 후로 아내와 함께 영원히 언덕 아래에서!" 1962년 수정본에는 톰의 옷차림에 녹색 girdle(허리띠)과 가죽 반바지가 더해졌고, 앞에서 언급했듯이 깃털의 종류가 달라졌다. 톨킨은 공작새의 깃털이 『반지의 제왕』에 "어긋나게 되었는데," 백조의 깃털이 이 시의 "강가의 분위기"를 띄워 준다고 생각했다(폴린 베인스에게 보낸 편지, 1962년 8월 1일, 『편지들』, 240번 편지). 이 시에서 톰과 그의 무리는 『반지의 제왕』에서와 마찬가지로 호빗들이 잘 아는 지역에 있다. 톨킨은 『봄바딜』 서문에서 이 시가 "분명" (『반지의 제왕』 시작 부분에 묘사된 경계에 따라 샤이어의 동쪽 변경에 있는) 노룻골에서 나온 것이라고 말한다. 「톰 봄바딜의 모험」은 "봄바딜에 관해 호빗들이 만들어 낸 다양한 전설로 구성되어 있다." 그는 너그럽고, "신비스럽고 예측할 수 없을지 모르지만 그럼에도 우스운 인물"로 간주되었다. Withywindle(버들강)은 톨킨이 「반지의 제왕 명명법」에서 설명한 대로 (『반지의 제왕: 독자를 위한 안내서』, 779쪽) 버드나무(고리버들)가 양옆에 늘어선 구불구불한 강이고, 그 이름은 "메꽃 또는 덩굴 식물의 한 이름인 withywind를 본떠 만든" 것이다. 시에서 그 강은 "풀이 무성한 **샘**"(well, 즉 옹달샘)에서 "깊은 골짜기"(dingle, 즉 나무가 우거진 깊은 계곡)로 흘러간다.

"강 여인River-woman의 딸"(1934년 시에서는 "Riverwoman")금딸기는 『반지의 제왕』에서 그녀의 역할이 뚜렷이 확대되

157

었음에도 별다른 설명 없이 1962년 시로 이어진다. 그녀와 그 어머니, 그들의 성격과 톨킨의 신화 체계에서 차지하는 위상은 많은 논의를 일으켰지만 (톰 봄바딜을 둘러싼 다른 질문들과 마찬가지로) 명확한 결론에 이르지 못했다. 시에서 금딸기는 톰의 수염을 잡아 강 속으로 끌어당기는데 이런 점에서는 인간을 강이나 호수에 끌어들여 익사시킨다는 비난을 받는 전통적인 물의 요정 또는 닉스(게르만 민화의 물의 요정—역자 주)와 비슷하지만, 『반지의 제왕』에서 그녀는 계절 변화와 관련된 자연의 정령에 더 가깝게 묘사된다.

톰을 갈라진 틈새로 사로잡는 버드나무 영감의 일화는 『반지의 제왕』에서 메리와 피핀을 비슷한 방식으로 가두는 버드나무 인간의 일화에서 반복된다. 시에서 톰이 "목소리 / 창틀과 문 두드리는 소리, 춤추는 발소리, 밤의 온갖 소음을" 신경 쓰지 않았듯이 소설에서 톰은 호빗들을 보호하며 "밤의 소리는 조금도 신경 쓰지 말고, 회색 버드나무도 두려워 말게"라고 조언한다. 톰과 금딸기와 마찬가지로 버드나무 영감의 성격도 이후의 이야기에서 발전했다. "그의 노래와 생각은 숲으로 전파되었고, 땅속으로는 실뿌리처럼, 공중에서는 보이지 않는 손가락처럼 세력을 확장하여 마침

내는 높은울짱 가에서 고분구릉까지의 묵은숲 전체를 지배
하게 되었다"(제1권 7장). 험프리 카펜터의 『전기』에 따르
면, 톨킨은 삽화가 아서 래컴이 특이하게 그린 울퉁불퉁하
게 옹이진 나무를 보았을 때 누군가를 틈새에 가두는 버드
나무 영감에 대한 착상이 일부 떠올랐을 거라고 말한 적이
있다.

톰이 겁을 줬다고 금딸기가 핀잔을 준 농병아리dabchicks
는 작은 물새로 목이 길고 꼬리가 짧은 논병아리이다. brock
은 'badger'의 다른 명칭이므로 합성어 Badger-brock(오
소리)는 이중으로 쓰인 단어이다. 수정된 시에서 오소리 가
족은 톰을 "**땅속으로**" 끌어가는데 땅earth은 오소리의 땅속
집을 뜻하고 대개 지푸라기, 건초, 풀로 싸여 있다. 1934년
시에서 톰은 더 간단히 "구덩이 속으로" 끌려간다. 오소리
의 땅속 집 또는 오소리굴은 굴이 많고 출구도 여러 개 있
으므로 이 시에서 "정문"(톰이 비를 피하던 곳), "뒷문", 그리
고 "모든 문들"이 언급된다. 『반지의 제왕』에서 톰은 "오소
리들의 이상한 살림살이에 대한 터무니없는 이야기를"(제
1권 7장) 호빗들에게 들려준다.

고분악령barrow-wight은 **고분**이나 묘지에 사는 섬뜩한 생

물이다. 유럽에는 옛 무덤과 환상 열석에 관한 오랜 전설이
있고, 어떤 고분에는 죽은 자들이 금과 다른 귀금속과 함께
매장되었다. 민담에서 악령은 그런 보물을 감시한다고 일
컬어지고, 따라서 이 시(1962년 시)의 고분악령은 "저기 언
덕 꼭대기 돌들로 빙 둘러싸인/옛 무덤에" 살고 있고 "숨
겨진 금으로 돌아가라"는 말을 듣는다. 북구의 민간 신앙에
는 드라그draugr 또는 산송장이 묘지를 (다른 곳들도) 배회하
며 살아 있는 사람에게 위협을 가한다는 전승도 있다. 『반
지의 제왕』에서 고분악령이 네 호빗을 덫에 가두는 고분구
릉은 가운데땅의 초기부터 역사에 등장하고, 그 악령은 앙
마르의 마술사왕의 부하로 2백 년쯤 전에 고분에 온 사악
한 정령이다. 시에서 쫓겨 간 악령이 "외로운 무덤"에서 딸
그락거리는 bone-rings는 매장지에서 간혹 발견되는 것처
럼 뼈로 만들어진 고리일 것이다. 『반지의 제왕』에서 톰은
고분악령이 "얼음같이 차가운 손가락에 반지를 끼고 분지
사이를 어슬렁거렸다"(제1권 7장)라고 말한다.

톰이 금딸기와 버드나무 영감, 오소리 가족, 고분악령을
자도록 보내고 나서 스스로 "윙윙거리는 팽이humming-top"
(1934년 시에는 "hummingtop")처럼 잠을 잔다는 것은 주목

할 만하다. 이것은 '팽이처럼 잔다'는 속담을 변형한 표현으로 꾸준히 돌아가는 팽이처럼 푹 잔다는 의미이다.

봄바딜이 뱃놀이 가다

이미 언급했듯이 톨킨은 언젠가 나중에 쓴 짧은 글에 "명백히 1930년대 중반에 [쓴] 톰 봄바딜의 기원"이라고 메모를 적어 놓았다. 이 시를 전부 제시하면 다음과 같다.

    (내가 말했지)
  "헤이, 톰 봄바딜
    어디 가고 있어?
  존 퐁파두르와
    노 저어 강을 내려가며?"

    (그가 말했지)
  "룽 콩글비,

스토우크 커노니커럼을 통해
　킹스 싱글턴을 지나
　　범비 코칼로럼으로—

빌 윌로비를 방문하러
　그가 뭘 하고 있든
해리 래러비에게 물어보려고ax
　어떤 맥주를 빚고 있는지.”

　　(그리고 그가 노래했지)
“가라, 배여! 노 저어라! 버드나무는 휘어지고
　갈대는 기울어지고, 풀 속에 바람이 이네.
흘러라, 강이여, 흘러라! 끝없는 잔물결.
　녹색으로 빛나고, 배가 지날 때 일렁거리네.

달려라, 아름다운 태양이여, 아침 내내 하늘을 가로질러
　황금빛으로 굴러라! 우리 노래는 흥겹고!
타오르는 여름이어도 연못은 서늘해,
　그늘진 빈터에서 웃음이 울려 퍼지도록!”

여기 나온 이름 존 퐁파두르나 빌 윌로비, 해리 래러비
는 역사적이거나 문학적 의미가 없는 듯하지만 시의 리듬
에 잘 맞는다. 2연의 지명들도 비슷하게 사용된다. 하지만
스토우크 커노니커럼Stoke Canonicorum은 현재 데번셔 주
의 스토우크 캐넌Stoke Canon의 중세 명칭이라고 크리스토
퍼 톨킨이 『어둠의 귀환』에서 밝혔다. 그런데 혹시 롱 콩글
비Long Congleby, 킹스 싱글턴King's Singleton, 범비 코칼로럼
Bumby Cocalorum 역시 실재하는 지명일 수 있겠으나 아일러
트 에크월의 『영국 지명 사전』(1960년 판본)이나 어떤 참고
도서에서도 찾아볼 수 없다. 그렇지만 그 명칭들은 진짜 지
명의 **모양새**를 갖추고 있고, 공통적인 요소를 포함한다. 가
령 고대 영어 lang(랑)에서 나온 long(롱)은 땅의 길이를 가
리키고, 고대 노르드어 býr, boer, 고대 덴마크어나 고대 스
웨덴어 by에서 나온 -by는 마을이나 농장을 뜻한다. 에크
월은 다양한 어원을 가진 Singleton이라는 지명의 마을을
기록했고, King's는 독자적인 지명이나 합성어(Kingston처
럼)로 쓰인다. Bumby는 '습지대, 수렁'를 뜻하는 방언이고,
cocalorum 또는 cockalorum은 자부심이 강한 작은 남자
를 뜻한다. (크리스토퍼 톨킨은 부친이 '터무니없고 호들갑을 떠

는 사람'을 뜻하는 단어로 cockalorum을 종종 사용했다고 우리에게 사적으로 말한 바 있다.) 여기서 ax는 ask의 방언 형태이다.

　"톰 봄바딜의 기원"은 마침내 「봄바딜이 뱃놀이 가다」로 발전했는데, 이 시는 1962년 『봄바딜』 모음집에 실리기 전에 발표된 적이 없었다. 톨킨은 적어도 열 가지 수정본과 부분적인 개작을 거쳐 (보들리언 도서관, MS Tolkien 19, ff. 10~28, 37~40) 이 시를 발전시켰고, 그 제목을 '톰 봄바딜의 설전', '톰 봄바딜의 흥겨운 설전', '톰 봄바딜의 모험Ⅱ: 흥겨운 설전' 등으로 다양하게 붙였다가 결국에 그리 난해하지 않은 제목으로 결정했다. **설전**Fliting은 '겨루다' 또는 '말다툼하다'를 뜻하는 고대 영어에서 나온 단어로 시에 종종 나오는 상호비방의 말싸움을 가리킨다. 북구 문학과 중세 문학에서 그 예를 찾을 수 있는데 가령 『베오울프』에서 베오울프는 그렌델을 대면하기 전에 운페르스와 언쟁을 벌인다. 실로 이것이 「봄바딜이 뱃놀이 가다」를 관통하는 실마리이고, 톰은 솔새와 물총새, 수달, 백조, "울짱끝과 들장미언덕의 작은사람들," 농부 매곳에게 핀잔을 듣고, 그들에게 받는 만큼 돌려준다. 그들의 언사가 난폭하게 보이더라도, 그의 모자에 화살이 박혀 있어도, 실은 그에 대한 위협이나 그의 협박적인 말은 모두 명랑한 기분으로 오간다. 톨킨은 모음집의 서문에서 이렇게 말한다. "톰은 농담으로 친구들을 놀리고 그들은 그것을 재미있게 (일말의 두려움과 함께) 받아들인다."

이 시를 처음에 발전시킬 때 톨킨은 원래 세 개 연의 대화를 확장했다. 그래서 톰이 1연에서 질문을 받고 2연에서 답하며 3연에서는 빌 윌로비에게 자기 일에 신경을 쓰라고 말하고 해리 래러비에게 맥주에 대해 물어봐 달라는 부탁을 받는다. 새로 쓴 4연에서 그는 (자신과 관련해서는) 빌이 무엇이든 원하는 것을 할 수 있고 (해리가 주조하는) 맥주만큼 훌륭한 술은 '언덕 아래'에서 얻을 수 없다(MS Tolkien 19, f. 11)고 대답한다. 하지만 톨킨은 곧 처음의 대화를 생략했고, 톰이 배를 수선해서 강을 내려가려고 결정하는 새로운 첫 연을 도입했다. 나머지 부분이 길어지면서 이 시는 『봄바딜』 모음집의 가장 긴 시가 되었고 가장 복잡한 어휘와 암시를 내포하게 되었다.

「봄바딜이 뱃놀이 가다」는 한 해가 "갈색으로 변하"는 가을에 시작한다. 톰은 떨어지는 너도밤나무 이파리를 잡고, 이파리가 땅에 닿기 전에 잡으면 행운이 따른다는 민간 신앙을 표현한다. 사람들에 따라 행복한 하루, 행복한 한 달, 심지어 행복한 열두 달을 가져온다고 말한다. 톰은 '행복한 날'을 즉시 잡는다. 그는 배를 수리하고 버들개울 withy-stream, 즉 이전 시(그리고 『반지의 제왕』)에서 버드나무들withies이 양옆에 늘어선 버들강Withywindle을 따라 내려간다. 여기서 톨킨은 'willow(버드나무)'라는 단어로 말장난을 하는데 처음에 솔새willow-wren(willow warbler)가 "윌로 Whillo"라고 (초고에서는 "Willow"였다가 "Whillow"로 바뀜) 소리치고, 그다음에 버드나무 영감Willow-man과 버드나무 꼬치willow-spit의 위협을 언급하고, 마지막으로 톰의 노래에서 "실버들 같은 버들강withy-willow-stream"을 언급한다. 두 번째와 세 번째 연에서 솔새는 농부 매곳에게 전갈을 전해 주겠다고 자청하는 '작은 새'인데, 이는 곧 "작은 새가 전해준 이야기"라는 속담에 나오는 '고자질쟁이'이다.

톨킨은 서문에서 개울목Mithe을 '맑은개울이 흘러나간 곳'이라고 설명을 달았다. 이에 상응하는 지명의 요소는 고대 영어 (ge)myðe(물줄기의 합류점)에서 유래한다. 여기 가운데땅에서는 맑은개울이 브랜디와인강으로 흘러간다. 서문에서 톨킨은 그곳에 "부잔교가 있고, 그곳에서 시작된 오솔길이 우묵배미와 더 나아가 방죽길로 이어졌으며 그 길은 골풀섬과 가녘말을 관통했다"라고 덧붙이며 『반지의 제왕』에 이미 설정된 샤이어의 지리를 확대한다. Shirebourn(맑은개울)이라는 명칭은 'shire(샤이어)'에서 나온 것이 아니라 고대 영어 scïr '밝은, 깨끗한, 순수한' + burna '물줄기'에서 유래한 것이다.

톰은 이제 노를 '다듬고shaves'(바퀴살 대패나 양쪽에 손잡이가 달린 칼로 노를 만들거나 조절하고) 물총새와 이후에 수달이 업신여겨 "통tub"이라고 부르는 '새조개 배cockleboat'(새조개 조가비를 닮은 작고 얕은 보트)를 수리하여 갈대와 '버드나무 덤불shallow-brake'(나지막하게 자라는 버드나무 덤불) 사이로 출발한다. 톰이 아는 "작은사람들"(호빗)이 사는 '울짱끝Hays-end'은 묵은숲과 노룻골을 가르는 경계 장벽인 '울짱hay'('생울타리hedge'의 고어)의 끝이다. 『반지의 제왕』에 실린 샤이어 지도에서 그곳은 오른쪽 아래 브랜디와인강과 버들강이 합류하는 지점에 ("Haysend"로) 표시되어 있다.

솔새 다음으로 물총새가 톰을 놀린다. 나뭇가지 위에서는 푸른 깃털이 빛나는 "유쾌한 주인"이지만, 그 새가 사는 곳은 '꾀죄죄한[지저분한] 집'이고 모래 둑을 파고 들어간

168

곳에 토해 낸 물고기 뼈와 배설물이 쌓여 있다. C.A. 카워
드는 『영국 섬들의 새들과 알들』이라는, 톨킨이 알고 있던
책에서 물총새의 집을 "녹색을 띤 액체와 부패한 물고기가
지독한 냄새를 풍기며 흐르는 하수구"(1936년 판본, 286쪽)
로 묘사한다. 또한 카워드는 "관찰자를 보며 앉아 있을 때
[물총새의] 불그레한 가슴만 보인다"(285쪽)라고 썼고, 그
러므로 톰은 "네 가슴이 진홍빛이라도"라고 (과장해서) 말
한다. 이 시의 여러 원고에서 톨킨은 진홍색 '볏crest'이라고
썼지만 영국에서 볼 수 있는 다양한 물총새 가운데 그런 특
징을 가진 종은 없다는 것을 알게 되었다.

  "바람의 방향을 보려고 물총새 부리를 공중에 매달았
다"라는 시행은 토머스 브라운 경의 『전염성 유견Pseudoxia
Epidemica』(1646)에 묘사된 민간 미신을 가리킨다. 물총새
의 껍질을 부리로 걸어 놓으면 바람이 불어오는 방향을 보
여 주는 풍향계처럼 돌아간다는 것이다. 톰은 "그게 잔꾀를
부려 얻으려는 낚시질의 종말이야"라고 곧이곧대로 말한
다. 물총새는 죽을 테니 더는 낚시질을 (이 단어의 의미대로
물총새가 낚싯바늘과 낚싯대를 가지고 물고기를 잡는 것은 아니
지만) 할 수 없다는 것이다. 톨킨은 폴린 베인스에게 쓴 편

169

지에서 토머스 브라운 경에 대한 암시는 「봄바딜이 뱃놀이
가다」에 포함된 "학술적" 요소 중 하나로서 "누구도 알아
차리지 못하리라 예상하는 사적 재미"라고 말했다. 톨킨은
물총새Kingfisher의 이름이 "내가 예상했듯이 '낚시질하는
왕'을 의미한 것이 아니라"는 것을 알게 되었다. 그것은 원
래 **왕의 어부**를 뜻했다. "그러므로 (전통적으로 왕의 재산인)
백조는 fisher-bird(물총새)와 연결되고, 그 새들의 경쟁과
또한 그 새들과 톰의 특별한 우정 관계를 설명할 수 있습
니다. 그 새들은 그들의 적법한 군주, 진정한 왕의 귀환을
기대한 생물들이었지요."(『편지들』, 1962년 8월 1일, 240번
편지)

앞선 시에서 보았듯이, 『반지의 제왕』에서 톰은 1934년
의 「톰 봄바딜의 모험」에 나온 공작 깃털이 아니라 "기다랗
고 파란 깃털"(제1권 6장)을 꽂았고, 1962년 수정본에서는
공작새가 아니라 백조의 깃털로 바뀌었다. 이는 또한 「봄
바딜이 뱃놀이 가다」에서 일어나는 사건을 참작하여 수정
한 것이었고, 돌이켜 볼 때 톰이 묵은숲에서 호빗들을 만났
을 때 길고 푸른 깃털을 달고 있던 경위를 설명할 것이다.
간단히 말하자면 그는 물총새에게서 떨어진 깃털을 잡았는

데, 그 새가 눈 깜짝할 사이에 날아가면서 떨어뜨린 것이었다. (T.A. 카워드는 285쪽에서 물총새가 너무 빨리 날아서 "그 새가 굽은 곳을 돌아 사라질 때 종종 길고 푸른 줄밖에 보이지 않는다"라고 썼다.) 톰의 모자에 달린 깃털은 본헤디그 왕 시절의 톰의 초기 산문 이야기(부록을 보라)에서도 이미 푸른색이었다.

우리보다 앞선 비평가들은 (「톰 봄바딜의 모험」의 첫 부분은 말할 것도 없고) 「봄바딜이 뱃놀이 가다」에서 케네스 그레이엄의 『버드나무에 부는 바람』(1908)의 첫 장 '강둑'을 연상시키는 요소를 주목했다. 가장 두드러지게 유사한 부분은 수달("어린 콧수염")이 등장할 때 톰의 배 주위로 둥근 파문이 소용돌이치고 물거품이 부서지는 장면과 그가 "후시!" 하며 재빨리 사라지면서 "물보라를 뿌리"는 묘사이다. 그레이엄의 책에서는 수달이 두더지와 물쥐에게 나타나기 전에 "수면을 따라" "기다란 물거품 줄"이 나타나고 그가 떠날 때 "물이 소용돌이치는 가운데 '펑!' 소리가 난다."

"톰이 나무다리를 가진 얼간이처럼 정신이 나갔다Tom's gone mad as a coot with wooden legs"라는 수달의 모욕은 'mad as a coot'라는 속담을 인용하고 여기서 coot는 (검둥오리를

171

가리키기보다는) 구어적 의미에서 둔하고 어리석거나 미친 사람을 뜻한다. 한편 "나무다리"는 톰의 작은 배의 노를 가리킨다. 톰의 대답은 더 복잡하다. 그가 수달의 '가죽'(생가죽이나 껍질)을 고분악령(「톰 봄바딜의 모험」에 붙인 주를 보라)에게 주면 그는 그것을 '무두질'할(화학적 용해제를 사용해서 껍질을 가죽으로 만들) 것이다. 그런 다음에 고분악령은 수달을 금반지에 넣어 질식시켜서 수달의 어미가 그를 보더라도 수염이 아니면 알아보지 못할 것이다—이는 중세의 『볼숭 가의 사가』에 나오는 (또는 약간 변이된 형태로 『고古 에다』에 나오는) "안드바리의 금반지" 이야기를 시사한다. 이 이야기는 다음과 같이 요약할 수 있다. 흐레이드마르의 아들 오트르(오테르)는 변신할 수 있었고 종종 수달로 변신해서 수영하고 고기를 잡았다. 수달 상태로 있을 때 그를 본 고대 북유럽의 세 신 중 하나가 그의 가죽을 얻으려고 그를 살해한다. 그러나 흐레이드마르와 그의 다른 아들들이 그 신들을 붙잡아서 오트르의 가죽을 금으로 덮을 수 있도록 그의 죽음에 대한 보상을 요구한다. 요구한 대로 이행되었으나 수염 한 가닥이 드러나자 그것을 반지로 감추었다. 톨킨은 『시구르드와 구드룬의 전설』(2009)에서 이 이야기를 다루었다.

수달이 가 버린 후 "고니섬의 늙은 백조Old Swan of Elvet-isle"가 나타난다. elvet는 고대 영어 elfetu에서 유래한 '백조'의 고어이고 허트퍼드셔의 Elvetham 같은 지명에 남아 있다. cob은 수컷 백조이다. 톰은 이제 「톰 봄바딜의 모험」에서 꽂았던 백조 날개 깃털을 암시하는데, 그 깃털은 "비바람에 낡"아 버렸다. "네가 아름다운 말을 할 수 있으면 […]/긴 목과 말 없는 목구멍"이라는 모욕은 백조들이 소리를 내지 못하고 아니면 적어도 음악적인 소리를 내지 못하며 죽기 직전에야 아름다운 '백조의 노래'를 부른다는 민속적 믿음을 반영한다. 하지만 그것은 사실이 아니고, 이른바 '벙어리 백조'(흑고니—역자 주)도 소리를 전혀 내지 못하는 것은 아니다. "언젠가 왕이 돌아오시면, 너를 데려가서 살펴 본 뒤If one day the King returns, in upping he may take you,/네 노란 부리에 낙인을 찍고brand your yellow bill"는 12세기 이후로 시행된 왕실 소유의 백조 연례 통계 조사를 가리키는데 나중에는 고명한 포도주상 협회와 고명한 염색업자 협회와 함께 시행되었다. upping은 "[백조들을] 함께 몰아가다"라는 뜻이고, 소유권의 표시를 자국의 형태로 새들의 부리에 (예전에는) 새겨 넣었다. 오늘날에는 백조에 식별 번호가 적힌 발고리를 부착한다.

다음에 톰은 버들강을 가로질러 세워진 둑weir 또는 낮은 댐으로 간다. 그 의미는 시의 끝에서 그 작은 배를 상류로 밀어갈 때 '둑 너머로' 끌어가야 하므로 명백하다. 강은 돌진하여 유역reach(물이 넓게 퍼진 곳)으로 들어가고, 톰은 **"바람에 떨어진 이파리처럼 빙빙 돌며"** (바람에 날린 잔가지나 이파리같이) 방책의 선착장hythe(hithe, 상륙장)으로 이끌려 간다. 『봄바딜』의 서문에서 톨킨은 "방책은 버들강 북쪽 둑의 작은 선착장이다. 그것은 울짱의 외곽에 있었으며 그러므로 물속으로 이어진 책柵 혹은 울타리에 의해 잘 감시되고 보호되었다"라고 기록했다.

더 나아가 같은 주에서 톨킨은 [고대 영어 brer '찔레나무' + dun '언덕'에서 유래한] **"들장미언덕Breredon**(찔레나무 언덕)은 선착장 뒤쪽으로 솟아오른 언덕에 있는 작은 마을이었고 높은울짱이 끝나는 곳과 브랜디와인강 사이의 좁은 땅에 위치해 있었다"라고 썼다. 울짱끝과 들장미언덕의 호빗들은 이제 톰의 수염을 billy-goat(수컷 염소)의 수염인 양 '염소수염billy-beard'이라고 모욕하며 톰에게 시비를 건다. 『호빗』에서 톨킨은 호빗들을 수염이 나지 않는 종족으로 설정했다. 묵은숲에 사는 톰은 "숲속 사람"의 일원이다. "배뚱뚱이들"이라고 그가 응수한 것은 호빗들이 먹고 마시기를 좋아한다는 사실을 가리키지만, 그가 술을 좋아한다는 평판은 이미 널리 퍼져 있어서, 그의 갈증을 달래거나 만족시킬 정도로 "들장미언덕의 [맥주 통은] 깊지 않다." Orks는 orcs(고블린)의 변형이고, 『반지의 제왕』에서는 후자로 쓰였지만, -k 형태는 Orkish(오르크어)에서 나타난다.

'작은사람들'은 톰의 모자에 화살 세 발을 날리겠다는 위협을 실행에 옮기지만 그들의 대화는 평화롭게 끝난다. 호빗들은 그를 '나룻배wherry'(노퍼크의 나룻배나 거룻배와 달리 강과 운하에 흔히 쓰이는 가벼운 노 젓는 배)에 태워 브랜디와인 강을 건네준다. 개울목 계단 또는 부잔교에서 그를 만날 농부 매곳이 나와 있지 않으므로, 톰은 이제 방죽길을 따라간다. 근처의 마을 골풀섬Rushey(『반지의 제왕』의 샤이어 지도에는 철자가 'Rushy'로 되어 있다)의 명칭은 rush '골풀' + 고대 노르드어 -ey '섬'으로 구성되어 있고 습지대 내의 단단한 땅을 뜻한다.

매곳은 그와 마주쳐 '말다툼'을 시작하고 톰을 "구렛들

Marish에서 쿵쿵거리는 거지"라고 부른다. 구렛들은 샤이어의 동둘레 동편에 매립된 소택지(marish는 늪marsh의 고어 형태)이다. 그는 톰이 대가를 지불할 생각 없이 맥주를 찾는다고 비난한다. 톰은 응수하며 친구를 '흙탕발'이라고 부르는데 습지에 거주하는 사람에게는 심각한 모욕임에 틀림없다. (톨킨은 『반지의 제왕』의 「프롤로그」에서 호빗들이 대체로 신발을 신지 않았던 반면 농부 매곳처럼 습지에 사는 주민들은 우중충한 날씨에 난쟁이들의 장화를 신었다고 말했다.) "쩨쩨한" 맥주 통이라는 톰의 비난은 "돈 한 푼 없지만"이라는 매곳의 비난을 반박한다. "씨근거리느라 걷지도 못하고 자루처럼 수레에 실려 다니는/이 뚱뚱한 늙은 농부"와 "걸어 다니는 맥주 통"은 매곳의 허리둘레를 모욕하며, 톰은 개울목에서부터 걸어와야 했지만 농부는 조랑말이 끄는 수레를 타고 왔다는 사실을 지적한다. 『반지의 제왕』 제1권 4장에서 매곳은 "혈색 좋아 보이는 둥근 얼굴에 어깨가 딱 벌어지고 땅딸막한 호빗"으로 묘사된다.

"어둠의 장막"이 깃들 때 (황혼 녘에) 그들은 골풀섬을 지나고 "솔솔 풍기는 엿기름 냄새를 맡으며"(엿기름으로 맥주나 에일을 양조하는) 매곳의 농장으로 향한다. 콩이랑밭

해설

Bamfurlong은 『반지의 제왕』 독자들에게 친숙한 용어이지만 이 단어가 처음 사용된 곳은 『봄바딜』 시집이었고 『반지의 제왕』에서는 1967년 앨런 앤드 언윈 사의 재판 재쇄본에서부터 사용되었다. **콩이랑밭**은 이 이야기의 배경에서 특별한 의미는 없지만 실제 영국 지명이며 아마도 bean '콩' + furlong '펄롱'(200미터에 해당하는 길이—역자 주)에서 유래했고 대체로 콩을 심기 위해 남겨 둔 땅을 가리킬 것이다. 매곳Maggot이라는 이름도 특별한 의미는 없지만 '호빗처럼' 들리도록 만든 이름이다. 이 단어는 '유충, 애벌레'를 뜻하는 영어 단어를 가리키지 않는다. 여기서 농부에게 "선량한 집주인goodman", 즉 "가정의 주인 혹은 남성 우두머리"(『옥스퍼드 영어 사전』)라는 경칭이 붙여지고 매곳 부인은 "선량한 안주인goodwife"이라고 불린다.

혼파이프hornpipe는 전통적으로 선원이 혼자 추는 춤이다. 빙글빙글 춤Springle-ring은 톨킨이 상상한 춤으로 춤추는 사람들이 종종 뛰어오른다. 『반지의 제왕』에서 빌보의 연설 도중에 "툭네 에버라드 군과 강노루네 멜릴롯 양이 식탁 위에 올라서서 손에 벨을 들고 빙글빙글 춤을"(제1권 1장) 추기 시작했을 때 톨킨은 "예쁘지만 다소 격렬한 춤"

177

이라고 묘사했다. springle은 '날렵한, 활동적인'을 뜻하는 방언이다. '난롯가inglenook'는 굴뚝 귀퉁이, 벽난로에 가까운 구석 자리를 뜻한다.

『봄바딜』의 서문에서 톨킨은 이 시를 「톰 봄바딜의 모험」과 마찬가지로 노룻골과 연관시키며 "이 시들은 구렛들 서쪽에 사는 호빗들은 알 수 없었을 그 지역과 버들강의 숲이 우거진 골짜기인 숲골을 세세하게 알고 있음을 드러"내기 때문이라고 말한다. 콩이랑밭을 찾아간 톰을 묘사한 이 시 덕분에 「봄바딜이 뱃놀이 가다」는 호빗이 사는 지역과 더욱 폭넓게 연결되고, 톰이 농부 매곳을 알고 서로 소식을 주고받는다고 이야기된『반지의 제왕』과도 결합된다. 고분구릉이 이제 다시 언급되고, 가장 주목할 것은 탑언덕이다. 고대의 탑들이 서 있는 세 언덕은 (반지전쟁 이후에 서끝말이 추가될 때까지) 샤이어의 서쪽 경계 너머에 있어서 구렛들로 소식이 전해지려면 실로 먼 거리이다.

"브리의 기묘한 이야기들"은 『반지의 제왕』의 "브리에서 온 소식처럼 이상한"(제1권 9장)이란 표현을 연상시키고 "기이한 기별"을 뜻한다. "대장간과 방앗간, 시장에 떠도는 이야기들"이란 구절은 13세기의 『앙크렌 리울리Ancrene

178

Riwle』 또는 '여성 은수자(은둔 생활을 하는 독실한 여성)를 위한 지침서'에서 끌어온 것이다. 톨킨은 이 책에 관한 뛰어난 권위자였다. 이 책의 저자는 "사악한 언어"에 대해 경고하기 위해 "방앗간과 시장에서, 대장간과 여성 은수자의 집에서 떠도는 소식을 듣는다"라는 속담을 인용한다.

"여울목의 키 큰 파수꾼들"은 아마 『반지의 제왕』에 나온 북부의 (인간) 순찰자들일 테고 브랜디와인강을 건너는 사른여울에서도 감시하고 있다. "변경의 그림자들"은 『반지의 제왕』의 프롤로그에 다시 등장한다. "이 이야기가 시작될 즈음 […] 낯선 인물들과 종족들이 [샤이어의] 국경 주변을 배회하거나 넘기도 한다는 보고와 신고가 많았다. 상황이 평소와 달라져 […] 있다는 첫 징후였다." 이 시의 최종본 이전의 어느 원고에서 톰과 매곳이 나눈 '소식'은 "오가는 난쟁이들, 항구에서 수상한 여행길에/샤이어에 들른 회색 요정들, 모여드는 까마귀들/나무들이 속삭이는 소문, 변경에 떠도는 그림자들"(MS Tolkien 19, f. 22)과도 관련되어 있다. 톨킨은 폴린 베인스에게 보낸 편지에서 「톰 봄바딜의 모험」에서는 "[『반지의 제왕』의 사건들이 일어난] 시절보다 더 오래전의 상황을 호빗의 해석으로" 그려 내려 했지만 대조적으로 「봄바딜이 뱃놀이 가다」는 "프로도가 출발하기 이전에 어둠이 짙어지던 시절과 관련됩니다"(『편지들』, 1962년 8월 1일, 240번 편지)라고 썼다. 하지만 시집의 서문에서 톨킨은 두 번째 시가 "훨씬 나중에, 프로도와 친구들이 봄바딜의 집을 방문한 후에 지어졌을 것이다"라고 진술했다.

앞선 시행에 관련된 '동물'들이 마지막 연에 다시 등장한다. 늙은 백조는 '밧줄'(배를 묶은 줄)로 톰의 배를 묶어 끌어가고, 수달과 친척들은 ("가서 엄마에게 이를 거예요./우리 가족 모두 오라고 할 거예요.") "버드나무 영감의 뒤엉킨 뿌리를 피해" (버드나무 영감은 『반지의 제왕』에서와 마찬가지로 묵은숲의 버들강을 따라 늘어서 있다) 헤엄치고, "물총새는 뱃머리에, 솔새는 가로장[뱃사공의 자리]에 앉아" 있다. "얼간이에게 다리가 없는 꼴이지"라는 말은 수달의 앞선 농담을 연상시키고 방책에 남아 있는 노를 가리킨다. 그런데 톰은 배도 없이 어떻게 집에 돌아갔을까? 그것이 톰 봄바딜의 또 하나의 신비로 남아 있다.

방랑

「방랑」은 동일한 제목으로 1933년 11월 9일에 《옥스퍼드 매거진》에 실린 시의 수정본이다.

유쾌한 승객이 있었지,
전령이자 선원.
금박 입힌 곤돌라를 만들었지,
세상을 방랑하려고.
양식으로 배 안에
노란 오렌지와 귀리죽을 가득 싣고,
마저럼과 카르다몬, 라벤더로
배를 향기롭게 했다네.

화물이 실린 큰 상선들의
바람을 일으켰네, 그를 가로막은
열일곱 강을 가로질러
그를 데려다 달라고.

외로이 혼자 뭍에 올랐지,
단단한 조약돌 위로
달리는 강 데릴린이
언제까지나 흥겹게 흘러가는 곳.
목초지를 방랑하여
황량한 그림자의 땅으로 여행했네.
언덕 아래 언덕 위로
지치도록 계속 방랑했네.

앉아서 한 곡조를 불렀지,
방랑을 지체하면서.
옆에서 파닥이는 예쁜 나비에게
결혼해 달라고 간청했지.
나비는 그를 비웃고 기만했네.

동정심도 없이 그를 피했지.
그래서 오랫동안 그는 마법과
연금술과 금속 세공을 연구했네.

공기처럼 얇은 천을 짰지,
나비를 잡을 덫으로. 나비를 따라가려고
딱정벌레 가죽 날개를 만들고,
제비 날개털로 깃털을 달았지.
그는 거미가 자은 가는 실로
어리둥절한 나비를 붙잡았네.
작은 정자를 만들었지,
나비의 머리를 가릴 꽃 정자를.
다이아몬드 신발을 만들어 주었지,
불타는 듯이 아른아른 빛나는.
놀라운 배carvel를 만들어 주었지
은은히 빛나는 작은 범선을.
보석들을 꿰어 목걸이를 만들었지—
그런데 나비가 흔들리고 펄럭이다가
부주의하게도 마구 뿌리는 바람에

보석들이 떨리다가 떨어져 나갔지.

그들은 쓰라린 말다툼을 벌였다네.
슬퍼하며 그는 급히 달아났지.
바람 부는 날에 지친 몸으로
음울하게 멀리 달아났다네.

그는 군도를 지났네,
금잔화가 노랗게 피어나는 곳,
은빛 샘이 무수히 솟는 곳,
요정의 금으로 산들이 빛나는 곳.
그는 전쟁과 약탈에 빠져들었네.
바다를 건너 공격하고,
벨마리에와 셀라미에
그리고 판타지에 너머를 배회했지.

그는 산호와 상아로
방패와 투구를 만들었네,
에메랄드로 칼을 만들고.

그의 상대는 무시무시했네.
아에리에와 요정나라,
셀라미에 모든 기사들,
그의 사슬 갑옷은 수정으로,
칼집은 옥수로 만들었지.
그의 투창은 공작석과
종유석으로 만들었지 — 그는 무기를 휘두르며
전진하여 낙원의 잠자리들과
싸워 물리쳤네.

호박벌족, 땅벌족,
꿀벌족과 전투를 벌였고
황금 벌집을 얻었지.
꽃이 지붕처럼 늘어지고
이파리들과 거미줄로 장식된 배를 타고
햇살이 화창한 바다에서 집으로 돌아가며
갑옷과 투구를
문지르고 닦아 광택을 냈네.

작은 섬들에 잠시

지체하며 노략질했네.

모든 거미들의 거미줄,

그것들을 산산이 부수고 찢어 놓았지―

벌집을 가지고 돈은 하나도 없이

집으로 돌아오려니

그의 전갈이 기억에 떠올랐네, 해야 할 일도!

대담한 행동과 마법에 걸려

잊었던 거라네, 방랑자가

여행하며 경합을 벌이다가.

그래서 이제 다시 출발해야 한다네,

그의 곤돌라를 다시 몰아야 하네,

언제까지나 전령이자,

승객이며 체류자,

깃털처럼 유랑하며

폭풍우에 휩쓸린 선원.

여기 실린 두 편의 「방랑」은 세세한 부분과 구절에 많은 차이가 있고, 1962년에 수정된 시에서 선원이 나비에게 "부드러운 백합 정자를/만들어 주었지. 꽃과 엉겅퀴 솜으로/신부 침대를 만들어" 주는 4연과《옥스퍼드 매거진》에서 "작은 정자를 만들었지/나비의 머리를 가릴 꽃 정자를" 만든 5연에서부터 두드러지게 다르다. 이 예는 매우 길고 복잡한 과정을 통해 많은 수정을 거친 부분 중 두 가지일 뿐이다. 1966년 10월 14일에 작곡가 도널드 스원(그는 1967년에 발표한 노래 모음집 『길은 끝없이 이어지네』에서 1962년 시에 곡조를 붙였다)에게 보낸 편지에서 톨킨은 「방랑」이 "아주 오래전에, 느닷없이 마음에 떠오른 노래를 이어 보려는 시도로 시작되었습니다. 첫 여섯 행은 '사발에 대한 노래를 알고 있니'와 일부 관련되었지요."(『아이센가드의 배반』, 1989년, 85쪽에서 인용)라고 썼다. 앨런 스토크스와 닐 게이먼이 각자 처음으로 밝혔듯이 '사발에 대한 노래를 알고 있니'는 1688년의 혁명에 대한 자코바이트의 노래를 가리킨다. 그 혁명에서 가톨릭 신자인 영국 왕 제임스 2세(스코틀랜드의 제임스 7세)는 사위이자 개신교도였던 오렌지 공 윌리엄에 의해 폐위되었다.

오 사발porringer하고 운이 맞는 말은?
자네 사발하고 운 맞출 말 있니?
제임스 7세에게 딸이 있었는데
그 딸을 오렌지당원Oranger에게 주었지.

이 노래는 "사발하고 운이 맞는 말은?"으로 시작하는 동요에도 영감을 주었다. (사발porringer은 죽이나 수프 같은 것을 담는 작고 우묵한 그릇이나 용기이다.)

도널드 스원에게 썼듯이 이 시에 대한 톨킨의 의도는 이러했다.

언어의 곡예와 신나는 운율의 유희를 담은 […] 매우 다양한 속도로 낭송되어야 하는 작품입니다. 단어를 아주 명료하게 발음하면서 때로 매우 신속하게 읊을 수 있는 낭송자나 영창자가 필요합니다. [『봄바딜』 시집에] 인쇄된 시에서 '연들'은 속도 그룹을 나타냅니다. 대체로 이 연들은 빠르게 시작해서 느려지도록 구성되어 있습니다. 마지막 그룹만 예외인데, 그 연은 느리게 시작해서 '할 심부름도!'에서 빨라지고 시작 부분과 비길 만한 빠른 속

도로 끝납니다. 또한 낭송자는 물론 시작 부분을 (더 빠
른 속도로) 즉시 반복하여 시작하게 되어 있습니다. 누군
가 '한 번으로 충분해'라고 소리치지 않으면 말이지요.
[『아이센가드의 배반』, 85쪽]

다른 곳에서 톨킨은 이 시가 "결코 끝나지 않는 이야기"를
정교하게 만들어 낸 것이라고 말했다(『아이센가드의 배반』,
106쪽).

현재 남아 있는 「방랑」의 가장 오래된 초고는 분명 망설
임 없이 쓴 정서본이고, 《옥스퍼드 매거진》과 『봄바딜』 시
집에 실린 시와는 일련의 차이가 있다. 그 원고는 이렇게
시작한다.

유쾌한 승객이 있었지,
전령이자 심부름꾼.
그는 작은 사발과
양식으로 오렌지를 가져갔지.
작은 메뚜기를 잡아
자기를 실어 가도록 마구를 채웠네. […]

『아이센가드의 배반』(제5장)에 실린 크리스토퍼 톨킨의 긴 분석에서 이 시의 전문을 볼 수 있고 또한 1933년 11월 이 시가 발표되기 전에 쓴 네 개의 다른 원고에서 발췌한 부분들도 있다. 《옥스퍼드 매거진》에 발표된 시점은 편리한 종결점이지만, 시를 처음 쓴 날짜는 불확실한 채로 남아 있다. 톨킨은 이 시를 옥스퍼드 학부생들(최초의 '잉클링스')에게 1930년대 초에 읽어 주었다고 알려져 있고, 이 시의 전체나 일부를 (변형시키면서) 적어도 세 번 '요정어' 문자로 옮겨 쓴 것은 1931년경으로 추정된다.

꽤 시일이 지난 후 톨킨은 어떻게 되어서인지 「방랑」이 구전되었고 저자에 대한 언급 없이 원고가 유통되거나 출판되었다는 것을 알게 되었다. 이 원고들로 보아 구전을 거칠 때는 '어려운' 단어들(sigaldry 같은)은 보존되는 반면 더 평범한 단어들은 달라지고 운율이 종종 불안해진다는 그의 견해가 옳다는 것이 입증되었다. 「방랑」의 운율은 특이해서 "3음절의 유운이나 유사 유운에 달려 있고, 그 운율은 너무 까다로워서 이번을 제외하고는 다시 사용해 본 적이 없네. 단 한 번 충동적으로 튀어나왔지."(『편지들』, 1952년 6월 22일, 133번 편지)라고 톨킨은 레이너 언윈에게 말했다.

하지만 그 '충동'은 「에아렌딜은 항해가」도 낳았다. 이
시는 「방랑」의 변형으로 초고에서 "명랑한 전령이 있었지"
라는 행으로 시작하고 다른 방향으로 나아가다가(이 시의
변천도 『아이센가드의 배반』에서 추적되어 밝혀진다) 결국 『반
지의 제왕』 제2권 1장의 깊은골에서 빌보가 부르는 노래가
되었다. 그렇게 발전해 가면서 「방랑」은 '실마릴리온'에 나
오는 에아렌딜의 위대한 항해를 변형한 이야기가 되었고,
그 항해는 항해가가 별, '서쪽나라의 등불지기'가 되는 것
으로 끝난다.

톨킨은 『봄바딜』 시집의 독자들이 「방랑」과 「에아렌딜
은 항해가」의 유사성을 알아보리라고 예상했음이 분명하
다. 이 시집의 서문에서 그는 「방랑」에 대해 이렇게 설명
한다.

3번 시는 호빗들이 재미있게 여겼던 다른 종류의 시를
예시한다. 즉, 운율이나 이야기가 첫 시작 부분으로 되돌
아가서 청자들이 반발할 때까지 되풀이되는 시이다. 『붉
은책』에 몇 가지 실례가 나오지만, 다른 것들은 단순하
고 조야하다. 3번 시는 가장 길고 정교하며, 빌보가 지은

것이 분명하다. 이것은 빌보가 엘론드의 집에서 써서 낭
송한 긴 시와 이 시가 명백히 관련되어 있다는 점에서 알
수 있다. 원래 '의미 없는 시'이지만, 깊은골에서 쓴 시는
높은요정들과 누메노르의 에아렌딜 전설에 맞춰 약간 이
상하게 변형되었다.

폴린 베인스가 그린 선원의 '곤돌라' 삽화는 베네치아의
운하에서 볼 수 있는 배를 환상적으로 ("금박 입힌") 정교하
게 그린 것으로 유니콘 선수상이 붙어 있고 지붕 같은 덮
개 밑에 **양식**provendor(음식, 보급품)이 담겨 있을 통 두 개
가 있다. 그런데 '곤돌라'는 흔하지 않은 의미로 "선박의 보
트, 일종의 작은 전함"(『옥스퍼드 영어 사전』)을 뜻하기도 한
다. '마저럼marjoram'과 '카르드마몬cardamon(또는 cardomon)',
'라벤더lavender'는 요리뿐 아니라 향수에도 사용되는 향료
이다.

"큰 상선들의 바람"은 '대상argosies' 또는 큰 상선에 유리
한 바람일 것이다. '데릴린Derrilyn'은 '그림자의 땅Shadow-
land', '벨마리에Belmarie'와 '셸라미에Thellamie', '판타지에
Fantasie', '아에리에Aerie', '요정나라Faerie'(1933년 시에는

Faërie), 또한 '낙원Paradise'과 "군도/금잔화가 노랗게 피어
나는 곳"과 마찬가지로 특정한 장소를 가리키는 지명이 아
니라 다만 시인의 환상을 가리키고, 운율이 잘 맞는다. 서
문에서 톨킨은 '데릴린'과 '셀라미에' 같은 명칭이 "요정어
방식으로 만들어 낸 것에 불과하고 실은 요정어라 볼 수 없
다"라고 지적한다.

　　sigaldry(연금술)은 고대 영어 sigalder '마술, 주문'에서
나온 '마술, 마법'을 뜻하는 고어이다. 중세 영어 sigaldrie
는 『여성 은수자를 위한 지침서』(「봄바딜이 뱃놀이 가다」에
붙인 주를 보라)에 나온다. smithying(금속 세공), 즉 금속을
벼리고 작업하는 일은 네 연 다음에 방패와 투구, 칼, 등에
대한 언급으로 시에 등장한다.

　　1933년의 시에만 등장하는 '정자bower'는 '집'을 뜻하는
시어이고 특히 여성을 위한 이상화된 ("꽃 정자a flower house")
형태의 집이다. 선원이 만드는 "불타는 듯이 아른아른 빛나
는/다이아몬드" 신발은 「공주 미」에서 "물고기 비늘로 만
든/번쩍이는 신발"을 연상시킨다. 최초의 원고에서 선원은
시의 후반에 이르기까지 (주술을) 특별히 연구하지 않는데,
나비에게 "딱정벌레 껍질에/바늘을 끼워 걸은 신발"을 만

들어 준다(『아이센가드의 배반』, 86쪽). carvel(또는 caravel)은 작고 빠른 배이다.

foray(약탈)는 '적대적으로 혹은 약탈적으로 급습하는 행위'이고 harry(공격)는 '지속적으로 공격하는 것'이다. morion(투구)은 벌어진 투구이고 paladin(용사)은 모험을 찾아다니는 기사 또는 투사이다. habergeon(사슬 갑옷)은 소매가 없는 갑옷, chalcedony(옥수)는 일종의 석영이며, plenilune(만월)은 보름달이 뜰 때, malachite(공작석)는 밝은 녹색 광물, stalactite(종유석)는 동굴 천장에서 떨어진 광상에 의해 만들어진 창처럼 뾰족한 돌이며, dumbledor(호박벌족)는 '호박벌bumble-bee'의 방언이다. Hummerhorn(뿔벌새족)은 톨킨이 만든 단어인 듯한데, 호박벌과 꿀벌과 같은 맥락에서 말벌처럼 '윙윙거리는humming' 곤충을 의도했을 것이다. 황금 벌집을 차지한 행위는 이아손과 아르고호의 승무원들이 나오는 그리스 신화의 황금 양털을 연상시킨다.

Gossamer(거미줄)는 '미세한 거미줄'을 가리킨다. 선원은 자신의 panoply(갑옷과 투구)를 닦아서furbishes 광을 낸다burnishes. 즉, 갑옷의 녹을 제거하고 번쩍거리도록 닦는

다. Derring-do(대담한 행동)는 '용기와 영웅성의 과시'를 뜻
하며, glamoury(마법)은 '주문, 마술'을 의미한다. 1933년
시에서 선원은 Attercops(거미)의 집을 부서뜨리는데, 고대
영어 attor '독'에서 나온 방언인 이 단어를 톨킨은 13세기
의 시 「올빼미와 나이팅게일」에서 보았을 테고 『호빗』에서
사용했다(『호빗』에서는 거미들을 화나게 하려는 빌보의 노래에
쓰여 '실타래'로 옮겨졌다.—편집자 주).

존 D. 레이트리프는 「방랑」과 초서의 『캔터베리 이야기』
에 나오는 '토파스 경' 이야기의 흥미로운 유사성을 지적했
다. 운율을 맞춘 모험담을 풍자한 그 시에서 플랑드르의 기
사인 토파스는 요정 여왕을 사랑하지만 거인과 전투를 벌
여야 한다. 그의 무장은 톨킨의 선원을 연상시킨다.

His jambeux were of quyrboilly,
His swerdes shethe of yvory,
His helm of latoun bright;
His sadel was of rewel boon,
His brydel as the sonne shoon,
Or as the moone light.

('그의 다리 덮개는 무두질한 가죽[cuir bouilli]/그의 칼집은 상아/그의 투구는 빛나는 황동 합금[구리, 주석과 다른 금속들의 합금]으로 만들어졌네./그의 안장은 바다 포유동물의 엄니[고래 엄니]/말굴레는 햇빛처럼 아니면 달빛처럼 빛났지.') '예쁜 나비'와 요정의 금, 요정 기사들 등이 등장하는 「방랑」은 "elf든 fairy든 아주 작은 존재는 [⋯] 윌리엄 셰익스피어와 마이클 드레이튼이 일역을 담당한 문학적 사업이었다"라는 톨킨의 견해가 표출된 것이라고 다른 평자들은 암시했다. 톨킨은 "[요정이야기 중에서] 역사상 최악"에 속하는 것으로 드레이튼의 『님피디아』를 꼽았고 그 작품은 "더듬이를 달고 날아다니는 정령과 꽃 요정의 긴 계보에서 원조에 속하는데, 나는 어린 시절에 이 이야기를 무척 싫어했고, 나중에 우리 아이들도 진저리를 쳤다"(「요정이야기에 관하여」, 1947년 처음 발표됨, 『괴물과 비평가 그리고 다른 에세이들』, 1983년, 111쪽에서 인용, 아르테 『나무와 이파리』 24쪽)라고 썼다.

공주 미

1924년에 리즈대학교의 영어학 부교수로 재직할 때 톨킨은 「공주 미」의 전신인 「공주 니」라는 시를 『리즈대학교 시집 1914~1924』에 발표했다.

오! 공주 니,
호리호리한 몸에,
금실 섞인 거미줄과
쪼개진 진주를 둘렀네.

요정의 머리칼을
엮은 곱슬머리에,
흐릿한 옷을 입었다지만

무수히 많은

반딧불에 둘러싸였지,
호박 침대 안에
붉은 석류석처럼.
은빛 슬리퍼는

흐릿한 오팔로 얼어붙고
물고기 비늘로 만들어—
산호 바닥에서 얼마나 잘 미끄러지는지!—
드레스 위에

덧옷을 걸쳤지,
솜털 앞치마를,
오리 솜털로 만든.
붉은 돈거미가

여기저기 수놓였지.
오! 공주 니,

한없이 호리호리하고
공기보다도 가볍다네.

    톨킨은 '요정 같은' 작은 존재의 관념을 개탄—"염병할 윌리엄 셰익스피어와 그의 망할 거미줄"(1951년 후반?, 『편지들』, 131번 편지)—하게 됐지만, 그의 초기 시 몇 편에는 그런 존재들이 특징적으로 등장한다. 현재 남아 있는 「공주니」의 첫 번째 원고는 1915년 7월 9일자로 되어 있다. 하지만 여기서 강조되는 것은 공주의 외모가 아니라 의복이고, 톨킨은 그것을 정교하고 상세히 묘사한다. 「방랑」에서와 마찬가지로 gossamer(거미줄)는 '섬세한 거미줄'이라는 엄밀한 의미로 받아들일 수 있다. 공주는 다채롭게 장식된 '흐릿한wanly 옷을'(옅은 색 옷을) 입었고, 은빛 슬리퍼는 응고된 우유 같은 '오팔'(흐릿하거나 색깔이 없는 석영)로 장식되어 있다. '덧옷smock'으로 '앞치마pinafore'(이 두 단어는 보호용으로 헐렁하게 걸치는 옷을 가리킨다)를 입었는데 'eider down(오리 솜털)'(솜털 오리의 부드러운 털)로 만든 옷에 'money-spiders(돈거미)'(행운을 가져온다고 여겨지는 작은 거미)가 수놓여 있다. 『반지의 제왕』에서 금딸기도 "물고기

199

비늘 같은"(제1권 7장) 구두를 신고 있다. '니'라는 이름은 신화적인 'Caithlín Ní Uallacháin(캐슬린 니 홀리한)'처럼 아버지 이름을 따른 아일랜드인 여성 이름에서 끌어냈을 것이다.

늦어도 1961년 11월 15일 이전에 작성되었을 「공주 미」에는 「공주 니」의 어조와 묘사가 일부 남아 있다. 『봄바딜』 서문에서 톨킨은 이 시가 붉은책의 "여백"에 적힌 "무의미한" 시에 속한다고 말하고, 요정 처녀에 대한 호빗의 관념—나방들이 자아낸 은빛 거미줄처럼 가볍고 '다이아몬드 방울이 박힌' '엮은 외투' 차림으로 깨끗한 연못 물 위에서 춤추는 요정의 모습—에 지나지 않는다고 암시한다. 사실 이 시는 그 앞의 4행을 반사하는 마지막 4행의 반전을 통해 '공주 쉬'와 '발가락을 맞대고' 춤추는 공주 미의 이미지를 드러내며 이에 더해 춤추는 사람이 반사된 거울 세계를 찾는 법을 누구도 알 수 없다는 슬픈 언급이 곁들어진, 고요하고 정교하며 복잡한 시이다.

「공주 미」는 수면에 비친 자기 모습을 사랑하지만, 그 다른 자아에 결코 닿을 수 없는 운명에 처한 젊은이인 나르시스가 등장하는 신화를 재해석한 것이라 설명한 비평가가 여럿 있다. 그런 점에서 볼 때 주인공의 이름 '미Mee'는 순전히 자신에게 몰입한다는 의미에서 적절하지만 이 시의 목적으로 보면 '쉬Shee'와 대조를 이룬다는 것으로 충분하다.

은과 빛, 별빛 아래서의 춤과 같은 「공주 미」의 많은 이미지는 톨킨의 글에서 흔히 찾아볼 수 있고 무엇보다도 '실마릴리온'에 나오는 루시엔 티누비엘의 춤(여기서는 『벨레리안드의 노래』, 1985년에 나오는 「레이시안의 노래」 제3편, 174~175쪽)을 연상시킨다.

> 그녀의 팔은 상아처럼 은은히 빛나고,
> 긴 머리칼은 구름처럼 흐르네.
> 발은 반짝이며 배회했지,
> 어스름 속에서 안개 낀 미로를.
> 반딧불이가 그녀의 발 주위에서 아른대고
> 나방이 그녀의 머리 위에서
> 재빨리 움직이는 화환으로 흐릿하게 떨었네—
> 이제 달이 바라보았지,
> 서서히 떠오른 하얗고 둥근 달이

밤의 나뭇가지들 너머로.

'kerchief(머릿수건)'은 머리나 가슴, 어깨를 덮는 것일 수 있고, 'kirtle(겉옷)'는 여성의 가운이나 겉에 입는 페티코트이다. 폴린 베인스가 그린 공주 미의 큰 삽화에서는 이 모든 것이 그려져 있고, 베인스는 만반의 준비를 했던 것 같다.

달나라 사람이 너무 오래 머물렀다네

「달나라 사람이 너무 오래 머물렀다네」는 『봄바딜』 시집에서 이 시에 붙인 제목이고, 『반지의 제왕』 제1권 9장에 나온 시를 (두 군데를 약간 수정하여) 다시 수록한 것이다. 이 시는 1919~1920년 사이에 처음 작성되었을 것이다. 초고의 텍스트는 『어둠의 귀환』 145~147쪽에서 볼 수 있다. 이 초고를 사소하게 수정한 원고가 리즈대학교 저널 《요크셔 시》 1923년 10~11월 호에 「고양이와 바이올린: 괘씸한 비밀이 풀려 드러난 동요」로 발표되었고 다음과 같다.

오래된 잿빛 언덕 뒤에
　작고 비뚤어진 여관이 있었다네.
그곳에서 아주 진한 갈색 맥주를 빚었기에

달나라 사람이 내려와서
　때로 잔뜩 마셨지.

거기 마부에게는 고양이가 있었지.
　고양이는 다섯 줄 바이올린을 연주했다네.
주인이 키우는 개는 아주 영리해서
어떤 농담에나 웃었지.
　때로는 중간에도 웃었네.

뿔 달린 암소도 길렀지.
　황금빛 발굽이 달려 있다네.
그런데 음악만 들으면 술 취한 듯 어지러워,
부숭부숭한 꼬리를 내저으며
　지붕 위에서 춤을 췄다네.

그런데 오! 줄지어 놓인 은빛 접시들,
　창고 가득한 은빛 스푼들.
일요일에 쓰이는 특별한 짝이 있어,
토요일 오후만 되면

조심스레 닦았지.

달나라 사람이 곤드레만드레 마시자,
　마부의 고양이는 비틀비틀,
접시는 일요일 스푼에게 구애하고,
작은 개는 농담을 너무 빨리 알아차렸고
　암소는 미친 듯 춤추었지.

달나라 사람은 한 잔 더 들이켜고
　의자 밑으로 굴러떨어졌지.
그러곤 한 잔 더 달라고 소리쳤지,
별빛이 옅어져 흐릿해지고
　새벽이 계단을 올랐지만.

마부는 비틀거리는 고양이에게 말했네.
　"달나라에서 온 백마들이
히힝 거리며 안달이 났는데
달나라 사람은 세상모르고 자빠져 있고
　해가 곧 그를 덮치겠어!"

자, 네 바이올린으로 헤이디들디들을 켜라.
　그를 정신 차리게 할 거야.
그래서 고양이는 몹시 취해 곡조를 켰네.
주인이 달나라 사람을 흔들어 깨웠지.
　"다섯 시가 다 되었소!"

그들은 그를 언덕 위로 천천히 굴려,
　달나라로 밀어 보냈네.
뒤에서는 그의 말들이 뛰어오르고
암소는 사슴처럼 깡충거리고
　접시는 스푼을 포옹했지.

고양이는 갑자기 곡조를 바꿨고,
　강아지는 으르렁거렸지.
말들은 물구나무를 서고,
손님들은 모두 침대에서 튀어나와
　마룻바닥에서 춤췄지.

고양이가 바이올린 줄을 모두 끊었네.

암소는 달을 향해 뛰어오르고
강아지는 재미있다고 깔깔거렸지.
그 와중에 일요일 접시는
　일요일 스푼과 달아나 버렸지.

둥근 달이 언덕 너머로 굴러갔고—
　그런데 딱 알맞은 시간이었어.
해가 불타오르는 머리로 고개를 들고,
모두 잠자리로 돌아가라고 명령했네.
　그렇게 노래가 끝났지.

'undone(풀려)'이나 'unlocked(드러난)' 동요는 영국 동요에서 가장 잘 알려진 운 가운데 하나이다.

헤이 디들 디를
고양이와 바이올린
암소는 달에 뛰어올랐고
작은 강아지는 웃었네.
그 재미있는 광경을 보고

접시는 스푼과 달아났지.

그러나 조지 버크 존스턴이 처음 지적했듯이 톨킨은 조지 맥도널드의 『북풍 뒤편에서』(1870)에 실린 「고양이와 바이올린의 진짜 역사」에서도 영감을 받았을 것이다. 그 책의 「헤이 디들 디들」은 전통적 동요 「달나라 사람이 너무 일찍 내려왔다네」(또한 다음에 나오는 같은 제목의 톨킨 시에 관한 주를 보라)와 결합되어 있다.

    헤이, 디들, 디들!
    고양이와 바이올린!
  너무 흥겨운 곡조를 연주해서,
    암소가 정신이 나갔고
    아주 기쁘게
  달 위로 뛰어올랐지.
    그런데 보지 못했어?
    바로 그러기 전에
  달이 내려와서 들었거든.
    작은 개가 귀를 기울였고,

소리가 너무 큰 나머지 몸이 굳어 버렸지.
"천하일품이야, 그럼."

헤이, 디들, 디들!
고양이와 바이올린이 소리 냈어.
헤이 디들, 디들, 디, 디!
그 흥겨운 광경에 개가 웃음을 터뜨렸고,
기침이 나는 바람에 웃음이 멎었지.
이것 참, 헤이 디들, 디들!
암소가 돌아왔어,
흥겹게, 흥겹게 음메 하면서.
달나라 사람을 쉽게 이겼거든.
접시는 흥분했고,
스푼은 즐거웠어.
그래서 접시는 스푼과 왈츠를 추었지.

『반지의 제왕』에 싣기 위해 수정된 「고양이와 바이올린」
을 프로도가 브리의 여관에서 부르는데, 여기서 그 시는
『봄바딜』 서문에서와 마찬가지로 골목쟁이네 빌보가 지었

다고 여겨진다. 『반지의 제왕』에 실린 시는 『봄바딜』 시집의 시와 단 두 가지에서 다르다. 8연 "마부가 비틀거리는 고양이에게 말했네The Ostler said to his tipsy cat"는 "**그러고 나서** 마부가 비틀거리는 고양이에게 말했네*Then* the ostler said to his tipsy cat"(강조는 우리)로 달라졌고, 10연 "접시는 스푼과 함께 달려가 버렸네and a dish ran up with a spoon"는 "접시가 **그** 스푼과 함께 달려 왔었지and a dish ran up with *the* spoon"로 바뀌었다(원문에는 사실 한 군데 더 차이가 나는데, 5연 첫 행 'And O! the row of silver dishes'이 『반지의 제왕』에는 'And O! *rows* of silver dishes'로 되어 있다. 단, 번역문은 차이가 없다.—편집자 주).

Ostler(마부)는 역사적으로 여인숙hostelry(또는 주막)를 운영하는 사람인 hostler 또는 hosteler(h는 묵음)를 지칭했는데 훗날에는 (아마 여기에서도) 의미가 다소 좁아져 마구간 지기 혹은 손님들의 말을 돌보는 사람을 가리켰다. 마부가 언급한 백마는 때로 그림에서 볼 수 있는 달의 여신 **셀레네 (루나)**의 마차를 끄는 말을 연상시킬 수 있다. 「고양이와 바이올린」에서 "totty(비틀비틀)"은 '불안정한, 어지러운'을 뜻하고 그것과 운이 맞는 "dotty(미친)"도 마찬가지로 '불안정한'을 뜻하지만 비유적으로는 '어리석은'을 의미한다. 『반지의 제왕』에서 톨킨은 프로도의 노래에서 태양을 가리키는 여성 대명사에 주를 달고 "요정들(과 호빗들)은 항상 **해**를 **여성**으로 지칭한다."라고 설명했다.

달나라 사람이 너무 일찍 내려왔다네

이 시집에 실린 '달나라 사람'의 두 번째 시는 톨킨이 1923년 6월에 《북구의 모험: 리즈대학교 영어학회 회원들의 시》에 기고한 세 편의 작품 중 하나인 「달나라 사람은 왜 너무 일찍 내려왔는가」를 수정한 것이다(다른 두 편은 「Enigmata Saxonica Nuper Inventa Duo」와 「Tha Eadigan Saelidan: 행복한 선원」이다).

달나라 사람에게는 은 구두가 있었지.
　　은실 수염에
　흐릿한 금 허리띠를 두르고
　　머리에 금 후광을 두른 채,
　집이자 거대한 흰 구체에서 비단옷을 입고

　　상아 문을 열었네
수정 열쇠로, 그리고 몰래
　　반짝이는 바닥을 살그머니 걸었지.

거미 털로 세공된 계단을
　　반짝이며 서둘러 미끄러지듯 내려왔지.
흥겹고 자유로워 기뻐하며 웃었네.
　　지구를 향해 더 빨리 줄달음쳤지.
빙빙 도는 진주와 다이아몬드에 싫증 났고,
　　은이 박힌 세계의
달나라 산에서 아찔하고 하얗게 빛나는
　　흐릿한 뾰족탑도 지루했지.

루비와 녹주석을 위해 이 모험을 감행했지,
　　에메랄드와 사파이어,
새 왕관에 박을 온갖 빛나는 보석을 얻기 위해,
　　아니면 흐릿한 옷에 광채를 내려고.
그는 할 일이 없어서 외로웠지.
　　그저 황금빛 세계를 응시하고

또렷이 들려온 콧노래를 들으려고 귀를 세울 뿐
　　흥겹게 그를 지나 빙빙 도는 노래를.

그의 은빛 달이 보름이 되면
　　지친 마음으로 불을 갈망했지.
창백한 석고의 투명한 빛이 아니라,
　　진홍빛과 장밋빛의 자줏빛 불꽃으로,
주황색 혀를 날름거리며 타오르는
　　붉은 지상의 장작불을.
이른 새벽빛이 춤추며 다가올 때
　　거대한 푸른 바다와 열정적인 색조를.

녹옥수처럼 보이는 초원의 색조를 갈망했지.
　　황옥처럼 빛나는 저녁에―그런 다음에
북적거리는 지상의 흥겨움과
　　사람들의 불그레한 혈색을 얼마나 갈망했던가.
노래와 긴 웃음소리,
　　뜨거운 요리와 포도주를 탐냈지.
가벼운 눈송이로 만든 진주 케이크를 먹고

옅은 달빛을 마시며.

고기와 펀치, 얼큰한 스튜를 생각하니
　발이 경쾌하게 움직였지.
그러다 자기도 모르게 경사진 계단에서 곱드러졌네.
　유성처럼 떨어졌지.
활 모양을 그리며 후두두 떨어지는 별처럼
　불꽃이 쉭쉭거리며 비처럼 떨어졌다네,
사다리 길에서 거품 이는 바닷물로 풍덩,
　알메인의 대양에서.

물에 녹아 가라앉지 않도록
　달에서 무얼 할까 생각했지.
그때 야머스의 배가 멀리 떠 있는 그를
　발견했네. 선원들이 놀라며
그물로 잡아 올렸지,
　푸르스름한 백색과 오팔 빛,
섬세하고 맑은 녹색,
　물에 젖어 인광을 발하는 희끄무레한 빛.

아침에 잡은 물고기들과 함께—그의 당당한 소망이었지—
　　선원들은 그를 노리치 마을로 보냈네,
노퍽의 주막에서 진을 마셔 몸을 덥히고
　　젖은 옷을 말리도록.
도시의 오십 개 탑에서
　　낭랑한 종소리가 울려 퍼지며
그의 미친 항해 소식을 알렸지,
　　그 이른 아침 시간에.

난롯불도 없고, 아침 식사도 없었네.
　　누구도 그에게 보석을 팔지 않았지.
불기 대신 잿더미를 보았지,
　　합창과 멋진 노래를 갈망한 그의 즐거운 기대는
코 고는 소리를 들었을 뿐. 노퍽은 모두 침대에 있으
　　니까.
　　그의 활기찬 마음은 상심할 지경이었지.
저 위에 있을 때보다 더 공허하고 차가웠어.
　　그러다가 요정 망토를 주고

연기로 더러워진 요리사 옆 부엌 구석 자리를 얻었지.

　금 허리띠를 주고 미소를 얻고,

값을 매길 수 없는 보석을 주고 귀리죽 한 사발을 얻

　었네—

　앵글족이 사는 노리치의 자랑 자두 죽의

차갑고 형편없는 본보기였지—

　그는 너무 일찍 도착한 거라네

달나라 산에서

　모험적 원정에 나선 특이한 손님.

　shoon(구두)은 shoe의 고어로 복수 형태이다. 이 신발을 신고 달나라 사람은 발을 경쾌하게 '움직이고twinkled'(가볍고 신속하게 움직인다), 머리에는 후광이 비치거나 천상의 왕관을 쓴 듯이 후광을 '두른 채inaureoled' 있다. 바다는 '반짝이고lucent'(반짝이는, 빛나는), '뾰족탑minaret' 탑, 여기서는 모스크의 첨탑이라는 의미와 분리되어 있다)은 '창백한wan'(희미한) '석고selenites'(희고 투명한 귀금속, selen-은 그리스어 '달')의 '투명한limpid' 빛처럼 '흐릿하거나pallid' 창백하다. 톨킨의 달은 하얀 색의 상아이거나 수정이고 "은이 박

흰 세계"이며 색깔이 없는 빛의 장소이다. 이에 반해 "황금빛" 지구는 그 풍부한 광물—루비와 녹주석, 에메랄드와 사파이어, '녹옥수(옥수)'와 황옥, "새 '왕관diadem'(왕관 또는 머리띠)에 박을 빛나는 보석" 또는 달나라 사람의 "흐릿한 옷"에 '광채를 낼blazon'(두드러지게 드러내다)—의 색채, '자줏빛impurpurate'(자주색)으로 빛나고 "주황색 혀를 날름거리"는 불, 그 푸른 바다, 다채로운 색깔의 새벽으로 매혹적이다. 톨킨은 '보름plenilune'(보름달이 뜨는 때)과 '은빛argent'(은)의 뜻을 알기도 전에 이 단어들을 아름답다고 생각했다(제인 니브에게 언급한 바를 보라, 『편지들』, 234번 편지).

「달나라 사람은 왜 너무 일찍 내려왔는가」는 잘 알려진 (여러 변형이 있는) 영국 동요를 '설명한다.'

> 달나라 사람이
> 너무 일찍 내려왔어.
> 노리치로 가는 길을 물었지.
> 남쪽으로 가서는
> 차가운 자두 죽을 홀짝거리다가
> 입을 데었지.

톨킨의 시에서 달나라 사람은 '쉭쉭거리는whickering'(공중으로 돌진하는 것처럼 소리를 내는) 불꽃처럼 세공된filigree(정교한 보석처럼) 계단을 내려와 '알메인Almain의 대양', 즉 북해(**Almain**은 독일을 가리키는 옛 영어 명칭이며 북해는 '독일 대양German Ocean'으로 불렸다)에 떨어진다. 이 바다에 동앵글리아 지역의 영국 노퍽 카운티가 돌출해 있고 그 주도가 노리치에 있다. 동앵글리아라고 불리는 것은 앵글족이 정착했기 때문이고, 따라서 마지막 연에 "앵글족이 사는 노리치"가 나온다. 중세 시대부터 영국의 중요한 도시였던 노리치는 많은 교회와 (후기에 세워진) 두 개의 성당이 있고 많은 탑들에서 울리는 '낭랑한canorous'(선율적인 낭랑한) 종소리가 매혹적이었다. 달나라 사람을 발견한 선원들의 "야머스의 배"는 노리치의 남쪽 마을로 한때 중요한 어항이었던 그레이트 야머스에서 출항한 것이다. 그가 비싼 값을 지불하고 사는 죽, "차갑고 형편없는" 자두 죽(아래 참조)과 이른 새벽에 깨어난 노리치 사람들의 똑같이 차가운 대접은 달나라 사람이 기대한 사람들의 '불그레한sanguine'(따뜻한, 유쾌한) 혈색과 뜨거운 '요리viands'(음식)가 아니다.

「달나라 사람은 왜 너무 일찍 내려왔는가」의 초고는

1915년 3월 10~11일자로 되어 있고 '동앵글리아의 환상'
이라는 부제가 달려 있다. 톨킨은 나중에 부제를 빼고 제
목을 고대 영어 'Se Moncyning'(달나라 왕)이라 써서 붙이
고 또한 제목 앞에 'A Faerie'(요정나라)를 붙였다. 《북구의
모험》에 발표한 시 이후에 수정했지만 노리치에 대한 언
급이 아직 남아 있는 (실은 첨가된) 다른 원고는 『잃어버린
이야기들의 책 제1부』 204~206쪽에 실려 있다. 1915년
5월 중순경에 톨킨은 원래 시의 ("빙빙 도는 진주와 다이아몬
드에 싫증 났고"부터) 네 행을 『다음의 책』이라고 부른 공책
에 적고, 거미줄 같은 실을 타고 지구에 미끄러져 내려오는
달나라 사람을 묘사한 수채화 〈'달나라 사람' 그림〉을 그
렸다. 『J.R.R. 톨킨: 예술가와 삽화가J.R.R. Tolkien: Artist and
Illustrator』(1995), 45번 그림을 보라.

  한편 이 시와 그림은 '실마릴리온'의 초기 텍스트 『잃어
버린 이야기들의 책』(1916~1920년경)에 묘사된 달의 모습
과 관련되어 있다. 유리나 수정, 은으로 이루어진 섬의 희
고 작은 탑에서 나이 든 요정, '달나라 배'에 몰래 탄 요정
이 "하늘이나 저 아래 세상을 바라보는데, 그는 결코 잠들
지 않는 우올레 쿠비온이다. 어떤 이들은 실로 그를 달나

라 사람이라고 불렀다. [···]"(『잃어버린 이야기들의 책 제1부』, 193쪽). 크리스토퍼 톨킨은 우올레 쿠비온이 "다른 이야기의 구상에서 흘러든 것 같다"라고 언급했고 그가 이전에는 '달나라 왕' 우올레 미쿠미(『잃어버린 이야기들의 책 제1부』, 202쪽)라고 불렸다고 말했다. "달나라 산에서 아찔하고 하얗게 빛나는/흐릿한 뾰족탑"은 달나라 사람이 다른 형태로 다시 등장하는 톨킨의 동화 「로버랜덤」(1925년에 구전 이야기로 구상된)에도 나온다. "분홍색과 연녹색 줄이 들어간 하얀 탑이었는데, 마치 아직도 거품에 젖어 반짝이는 조가비 수백만 개로 만들어진 듯이 은은히 빛나고 있었지. 그 탑은 하얀 벼랑의 끝에 서 있었는데, 백악의 절벽처럼 희었지만 달빛을 받아 구름 한 점 없는 밤에 멀리서 보이는 유리창보다 더 밝게 빛났단다."(『로버랜덤』, 1998년, 22쪽, 아르테 72쪽)

토마스 호네거는 「달나라 사람이 너무 일찍 내려왔다네」와 옥스퍼드 우스터대학의 익명의 학부생이 1839~1840년에 발표한 긴 시 「달나라 사람」의 유사성을 지적했다. 이 시에서 달나라 사람은 "꿈의 땅에서 너무 오래 살다 보니" 지루해졌고 "아름다운 곳이지만 그럼에도/달에서의 생활

은 열정이 없어서" 유성처럼 지구에 내려와 "인간 삶의 고
뇌와/즐거움을" 찾으려 한다. 그러나 그 오래전의 시인은
동요에 전승되는 달나라 사람에서 재빨리 벗어나 그를 날
개 달린 천사나 요정으로 변형시킨다. 그 시인도 옥스퍼드
대학교 출신이지만 톨킨이 그 예전 작품을 알았다는 증거
는 없고 그것을 바탕으로 자기 작품을 구성할 이유도 없다.
하지만 톨킨이 조지 맥도널드의 『북풍 뒤편에서』(1870)를
알았을 가능성은 높다. 이 작품에서 동요 「헤이 디들 디들」
은 앞에 인용된 전통적인 시 「달나라 사람」과 결합되어 있
다(또한 「달나라 사람이 너무 늦게 머물렀다네」의 주를 보라).

        그러나 달나라 사람은
        노리치의 유명한 마을에서
    너무 일찍 돌아와
        접시를 잡고 말했지,
        "차가운 자두 죽을 담으려면
    바로 이것이 필요해!"
        암소를 툭-탁 두드렸고
        고양이에게 물을 퍼부어

그를 로켓처럼 쫓아 보냈지.
  "오, 달이여, 여기 있구나!"
  이렇게 말하고 달의 차에 타고
스푼을 주머니에 넣고 가 버렸다네.

  헤이 호! 디들, 디들!
  젖은 고양이와 젖은 바이올린이
야옹야옹 울부짖자
  겁에 질린 암소는
  똑바로 서서
고함을 지르다가 울어 댔고.
  개는 꽁무니에다가
  목을 빼고는 울부짖었지.
그러나 달나라 사람은 말했네, "호! 호!"―
  "다시는 남부에서
  내 입을 데지 않을 거야,
접시와 스푼을 찾았으니까."

『봄바딜』 시집에 넣기 위해 「달나라 사람이 왜 너무 일

찍 내려왔는가」를 수정하고 확대하면서 톨킨은 가운데땅
의 지리를 언급하고 노리치와 잉글랜드에 대한 언급을 삭
제했다. 『봄바딜』 서문에서 이 시의 1962년 수정본은 "궁
극적으로는 곤도르에서 유래한"(「마지막 배」와 함께) 두 편
의 시 중 하나라고 언급된다. "명백히 [이 시들은] 해안가
에 살면서 바다로 흘러가는 강에 친숙했던 인간들의 전승
에 기반하고 있다. 6번 시[현재 다루는 시]는 실제로 '벨팔
라스'(바람 부는 벨의 만[곤도르 왕국의 남부, 벨팔라스의 만])와
돌 암로스[벨팔라스의 중요한 도시이자 항구]의 바다를 향
한 탑, '티리스 아에아르'를 언급한다. […]" 이 수정본의 여
러 가지 차이점 중에서, 달나라 사람의 왕관은 금이 아니
라 오팔로 장식되고 '허리띠girdlestead'는 진주로 장식되고,
그는 '비단옷' 대신 '회색 망토mantle grey'(회색 망토이지만
더 이상 '요정 망토'는 아니다)를 걸치고 있다. 그의 탑은 '월
장석moonstone'(selenite의 문자 그대로의 의미)으로 되어 있
고, 그를 육지로 데려가는 것은 ('야머스의 배'가 아니라) '어
느 고기잡이 배'이다. 그의 "뱃멀미 나는 그의 항해moonsick
cruise" 소식을 알린 종소리는 오십 개의 탑이 아니라 단 하
나의 탑에서 울린다. 여기서 톨킨은 예전 시에서 사용한 단

224

어 lunatic(미친)과 같은 의미를 가진 고어를 선택하고 이 단어를 수정된 시의 끝부분으로 옮겨서 달나라 사람의 탐색을 "모험적adventurous"이라기보다는 "미친lunatic" 것으로 묘사했다. lunatic은 그 구성요소 luna-(라틴어로 '달')라는 요소로써 달의 변화가 광기를 일으킨다는 믿음을 반영하므로 시의 문맥에 잘 들어맞는다.

수정본에서 달나라 사람은 '허기와 갈증hunger or drouth'(가뭄drought 또는 목마름)에도 불구하고 전보다도 음식을 얻지 못하고, 결국에 예전 시에서보다 더 큰 대가를 치러야 한다. 1923년 시에서 그가 원한 펀치와 "얼큰한 스튜peppery stew"는 1962년에 "[고기를 위한] 후추와 푸짐한 펀치"가 되었고, 그사이의 수정본(『잃어버린 이야기들의 책 제1부』, 205쪽)에서는 펀치와 "맵싸한 혼합음료peppery brew"로 나온다. 그가 지구를 찾아온 시점도 달라져 "율yule 전"이 되었다. 가운데땅에서 이때는 겨울 연휴이지만, 독자들은 전통적으로 '자두가 들어간 율 푸딩'을 먹는 크리스마스를 생각할 것이다. 달나라 사람은 이 음식(이전 시에서는 '자두 죽') 을 먹기에 너무 일찍 도착했다. 즉, 너무 이른 시기였다. '자두 죽'(또는 '자두 푸딩')의 '자두Plum'는 말린 자두인 프룬이나 커런트currnats, 건포도, 설타나sultanas 같은 말린 과일을 가리키곤 한다. 예전의 자두 죽plum-porridge(또는 plum-pottage)은 요즘의 자두 푸딩과 많이 달라서 고체라기보다는 액체에 가까웠고 달콤하기보다는 (고기가 들어가서) 감칠맛이 있었다.

1927년 12월에 톨킨은 '산타클로스'를 가장하여 자녀들에게 편지를 썼는데 (1920년부터 1943년까지 쓴 그러한 많은 편지 중 하나에서) 달나라 사람이 북극을 방문했다고 말했다. "달나라 사람이 얼마 전에 나를 방문했단다"라고 산타클로스는 말했다. "이맘때에 그는 종종 찾아온단다. 달에서 외로우니까. 우리가 작고 멋진 자두 푸딩을 만들어 주었지. (그는 자두가 들어간 음식을 아주 좋아한단다!)"(『북극에서 온 편지』, 1999년 판본, 33쪽) 달나라 사람은 북극곰이 준 브랜디를 받아 마시고 깊은 잠에 빠졌고, 그가 없는 사이에 용들이 나와서 달의 빛을 꺼뜨린다(그해 12월 8일에 있었던 일식과 관련된 언급이 분명하다). 그는 잠에서 깨어나서 간신히 때맞춰 상황을 바로잡는다.

톨킨은 폴린 베인스가 그린 「달나라 사람이 너무 일찍 내려왔다네」의 큰 삽화가 『봄바딜』 시들의 '세계'와 비교

적 일치한다고 판단했지만, "그의 옷이 너무 잠옷처럼 보이
고 왕관과 허리띠, 망토가 생략되어서 삽화로서 결함이 있
다"(레이너 언윈에게 보낸 편지, 1962년 8월 29일, A&U 문서)라
고 느꼈다.

돌 트롤

「돌 트롤」의 초고는 「페로와 포덱스」(라틴어 Pēro& Pōdex로 '가죽 장화와 엉덩이')라고 불렸다. 이 시는 「구두 밑바닥」으로 수정되어, 톨킨의 다른 시들과 리즈대학교의 동료 E.V. 고든의 시, 아이슬란드어 학생의 노래책에서 선정한 시들과 함께 고든이 리즈대학교 영어학부 학생들을 즐겁게 해 주고 격려하기 위해 1920년대 초반에 모은 시집에 수록되었다. 1935년이나 1936년에 리즈대학교를 졸업한 A.H. 스미스는 런던 유니버시티대학의 어느 학생 모임에 '리즈의 노래' 한 부를 기증해 역사적으로 중요한 한 문헌에 싣게 했다. 이런 식으로 해서 「구두 밑바닥」은 『언어학자들을 위한 노래』(1936)라는 소책자에 (톨킨의 다른 시 열두 편과 함께) 발표되었다.

트롤이 바위 위에 홀로 앉아

닳아 빠진 옛날 뼈다귀를 우물우물 씹고 있었네.

　오래오래 거기 홀로 앉아 있었고,

　　인간도, 사람mortal도 보지 못했지—

　　　오탈Ortal! 포탈Portal!

　오래오래 거기 홀로 앉아 있었고

　　인간도, 사람도 보지 못했지.

　톰이 커다란 구두를 신고 올라와서

　트롤에게 말했지. "저, 그게 뭔가?

　교회 뜰churchyard에 누워 있어야 할

　　우리 삼촌 존의 다리 같은데.

　　　서치야드Searchyard! 버치야드Birchyard!" 등등.

　"젊은이," 트롤이 말했지. "이 뼈는 훔친 걸세.

　하지만 뼈다귀가 무슨 소용?

　저 높이 하늘에서 영혼이 후광을 두르고 있을 텐데

　　모닥불bonfire처럼 크고 빛나는.

　　　온파이어On fire, 욘파이어yon fire."

229

톰이 말했지, "아이쿠oddsteeth! 내 생각에
만일 모닥불이 있다면, 저 아래 있어.
존 영감은 어김없는 도둑이었지,
  일요일(선디Sunday)이면 어김없이 검은 옷을 입었던 것
    만치—
    그룬디Grundy, 먼디Monday!

그래도 그것이 당신과 무슨 상관인지 모르겠군,
내 친지와 친척을 멋대로 이용하다니.
그러니 지옥에 가서 그의 허락을 받으라고,
  내 삼촌nuncle 뼈를 씹기 전에!
    엉클Uncle, 벙클Buncle!"

바닥의 적합한 자리에서
톰은 그를 제대로 걷어찼다네—그런데 아! 저 종족의
엉덩이는 돌 얼굴보다 더 단단해서
  그 엉덩이rumpo에 댄 구두 밑바닥을 후회했지,
    럼포Lumpo, 범포Bumpo!

집에 돌아와서 톰은 절름발이가 되었지.

쓸모없는 발은 슬프게도 불구라네.

하지만 트롤의 늙은 궁둥이는 여전했다네.

　주인owner에게 빼돌린 뼈를 입에 물고

　　도너Donor, 보너Boner!

「구두 밑바닥」과 비교되는「페로와 포덱스」의 6연은 다음과 같다(『어둠의 귀환』, 144쪽).

　바닥의 적합한 자리에서

　톰은 그를 제대로 걷어찼다네—그런데 아! 저 종족은

　얼굴처럼 단단한 엉덩이가 있어서

　　페로는 포덱스Podex에게 벌을 받았지,

　　　오덱스Odex, 코덱스Codex!

「페로와 포덱스」의 전체 원고는 존 D. 레이트리프의『호빗의 역사 제1부: 골목쟁이씨』(2007), 101~102쪽에 수록되어 있다.

　톨킨은『언어학자들을 위한 노래』의 개인 소장본에서

「구두의 밑바닥」을 몇 군데 수정했는데 그것은 위에 실린 텍스트에 반영되어 있다(또한 『어둠의 귀환』, 142~143쪽을 보라). 또한 그는 3연 3행 "저 높이 하늘에서 '후광aureole'[광륜, 천상의 왕관]을 두르고 있을"를 "하늘에서 '머리poll'[인간의 머리]에 후광halo을 두르고 있을"으로 바꾸었고, 끝에서 두 번째 연의 "proper(적합한)"는 톰의 사투리 영어와 더 잘 어울리는 'prapper'로 발음될 거라고 암시했다. 2연의 "me nuncle(내 삼촌)"은 톰이 'my nuncle', 즉 'mine uncle'을 표현한 방식이고, 과거에 mine은 모음으로 시작하는 단어(uncle처럼)가 이어질 때 my 대신 소유대명사로 쓰였다. 5연의 "ax leave"는 ask leave '허락을 청하다'의 사투리 형태이다(「돌 트롤」에서 'asking leave'를 써야 할 곳에 'axin' leave'라고 쓴 것과 비교하라). 톰은 단축어(a-lyin', a-makin')와 개구음(don't 대신 doan't)을 사용해서 말하는 특징이 있다.

여기서 'mumbled(우물우물 씹고 있었네)'는 '잇몸으로 또는 이를 사용하지 않고 깨물거나 씹다 또는 입술로 애무하다'를 뜻한다. oddsteeth는 엘리자베스 시대의 욕설 'God's teeth'의 축약형이다. 존은 일요일에 경건하게 검은 옷을

232

입었지만 도둑이었기 때문에 천국이 아니라 '저 아래', 즉
지옥에 있다고 톰은 말한다. 어떻든 존은 톰의 친척('친지와
친척kith and kin')이다. 마지막 연에서 'boned(빼돌린)'는 '훔
쳤다'는 의미의 동사이고, 명사 bone(뼈, 3연 이 뼈는 훔친 걸
세that bone I stole와 비교하라)에 대한 말장난이다. 각 연의
마지막에 나오는 두 단어는 각기 네 번째 행의 마지막 단어
와 운을 맞추기 위한 것—가령 mortal의 운을 맞추는 ortal
과 portal—이고 대체로 주목할 만한 의미는 없다. 다만 4연
끝에 나오는 "그룬디, 먼디"는 "솔로몬 그룬디,/먼디에 태
어난"으로 시작하는 동요를 가리킨다.

톨킨은 『언어학자들을 위한 노래』 소장본에 「구두 밑바
닥」은 「여우가 외출했다네」의 곡조에 맞춰 불러야 한다고
써넣었다. 이 영국 민요는 이렇게 시작한다.

여우가 추운 밤에 외출했다네,
빛을 밝혀 달라고 달에게 기도했지
그날 밤 먼 거리를 가야 했기에
타운-오, 타운-오, 타운-오에 다다르기 전에
그날 밤 먼 거리를 가야 했기에

타운-오에 다다르기 전에

크리스토퍼 톨킨은 부친이 "「여우가 겨울밤에 외출했다
네」[가사는 다양하다]의 곡조에 잘 맞았던 이 노래를 대단
히 좋아하셨고, 나는 아주 어렸을 때 '만일 모닥불이 있다
면, 저 아래 있어' 행에서 느꼈던 즐거움을 기억한다"라고
말했다(『어둠의 귀환』, 142쪽).

톨킨은 『반지의 제왕』 제1권 9장에서 빙고(후의 프로도)
가 브리의 주막에서 부를 노래가 필요했을 때 처음에 「구
두 밑바닥」을 선택했지만 거의 즉시 「달나라 사람이 너무
오래 머물렀다네」로 바꾸었다. 결국 이 '트롤의 노래'는 제
1권 12장에서 감지네 샘의 우스꽝스러운 노래로 사용되
었는데, 나중에 엘론드의 집에서 이 노래를 부르지 않기로
(여기서는 빌보가 대신 「에아렌딜은 항해가」를 부른다. 「방랑」의
주를 보라.) 결정한 다음에야 삽입되었다. 『반지의 제왕』에
서 샘이 부른 노래의 최종 수정본은 『봄바딜』 시집에 「돌
트롤」로 다시 실렸고 구두점 한 가지만 다를 뿐이다.

하지만 그 원고는 여러 번 수정을 거친 후에야 결정되었
고, 크리스토퍼 톨킨은 수정본 중 하나를 『아이센가드의 배

반』 59~61쪽에 싣고 그 시에 대해 논의했다. 이 원고는 유난히 많은 부분이 수정되었는데 특히 '톰'을 '존'으로, '팀'을 '짐'으로 바꾸었고 '교회 뜰'과 '일요일이면 검은 옷을 입었던' 같은 기독교적 관행에 대한 언급을 삭제했으며 트롤에 대해서도 다른 결말을 제시했다. 여기서 존이 발로 걷어찬 다음에 (구두와 발가락 모두 부러졌지만 '돌 같은 엉덩이'는 깨뜨리지 못하고) 트롤은 "굴러떨어져 왕관을 깨뜨렸다."

> 거기 트롤은 누워 있다네, 더는 일어나지 않고,
> 코를 땅에 박고, 엉덩이는 하늘로 향하고.
> 하지만 돌 아래 살 없는 낡은 뼈가 있지
> 트롤이 그 주인owner에게서 훔친 것,
> 도너Donor! 보너Boner!
> 돌 아래 부서진 뼈가 있다네
> 트롤이 그 주인에게서 훔친 것.

톨킨은 나중에 수정한 이 시의 원고를 손으로 써서 1952년에 테이프에 녹음했고 (엮은이 서문을 보라) 「여우가 외출했다네」의 녹음에 흔히 나오는 곡조와 다른 곡에 맞춰 노래했다.

최종 수정본에서 트롤은 "[그 뼈만] 뜯었지gnawed [the bone] near(꼼꼼히, 철저하게 갉다)." 4연에서 운을 이루는 단어 중 하나인 trover라는 법률 용어는 '누군가의 재산을 부적절하게 이용한 사람에게 손해의 보상을 강제하다'라는 의미이기 때문에 이 상황(톰은 삼촌의 정강이뼈를 넘겨달라고 요구한다)에서 적절하다. 트롤은 "for a couple of pins(다리 두 개 때문에)" 톰도 먹겠다고 대답하는데, pin은 "not worth a pin(아무 가치도 없는)"이라는 옛 표현에 쓰이듯이 가치가 거의 없거나 전혀 없는 것을 가리킨다. 톰은 '혼내주려고 발로 차'는데 이때 '혼내 주다larn'는 곧 'learn'이며 (이제는 고어나 속어가 된) 옛 의미로 쓰였다. 결과적으로 그의 다리는 '고장난다game'(절게 된다).

화가 폴린 베인스는 '톰'이라는 이름—아마 그의 '커다란 구두'와 결합하여—이 톰 봄바딜을 가리킨다고 해석했고 따라서 「돌 트롤」의 삽화 하나에 그를 그렸다. 하지만 이 시의 역사를 보면 톨킨은 '톰'(또는 '존')을 특정한 인물로 의도하지 않았음이 분명히 드러난다. 그리고 『반지의 제왕』의 맥락에서 볼 때 샘이 말하듯이(제1권 12장) 그 시는 "허튼소리"이다.

페리 더 윙클

「페리 더 윙클」은 톨킨이 1928년경에 가상의 영국 해안 마을과 항구를 중심으로 쓴 일련의 시 「빔블 만의 이야기와 노래」 중 하나인 「범퍼스」라는 시를 수정한 것이다. 이 연작 시 가운데 여섯 편이 알려져 있는데 지금까지 발표된 것은 세 편으로 「용의 방문」, 「글립」, 「빔블 마을의 발전」(이 세 편은 편리하게도 더글라스 A. 앤더슨이 편집한 『주석 따라 읽는 호빗』 제2판, 2002년에 수록되어 있다)이다. 친절하게도 크리스토퍼 톨킨은 이전에 발표된 텍스트가 없는 「페리 더 윙클」과 비교할 수 있게끔 서로 다른 「범퍼스」의 원고 세 편을 보내 주었다. 아래 실린 두 번째 (수기) 원고는 첫 번째 원고를 세밀히 따르지만 새로운 특징이 몇 가지 포함되어 있는데 주목할 것은 빔블 만('봉Bong의 아름다운 땅'을 수

237

정한)과 '푸른 산'에 대한 언급이다. 푸른 산맥은 또한 「용의
방문」에서 "용이 사는 곳"(가운데땅의 에레드 루인과 혼동하지
않아야 할)으로 언급된다.

범퍼스는 오래된 잿빛 돌에 앉아
　　슬픈 노래를 불렀지.
"아 왜, 아 왜, 나는 혼자 살아야 할까,
　　빔블 만의 산속에서?
풀은 초록색, 하늘은 푸른색
　　태양은 바다 위에서 빛나는데
용들이 푸른 산맥을 넘어가 버려서
　　더는 내게 오지 않아.

트롤도 거인도 전혀 남지 않았어.
　　내 평발이 쿵 떨어지거나
바닥을 스치는 내 꼬리 소리를 들으면
　　사람들은 문을 탕 닫아 버리지."
그는 꼬리를 어루만지고 발을 보았어.
　　그리고 말했지. "내 발은 길어도

내 마음은 친절하고, 내 미소는 상냥해.
　　내 노래는 감미롭고 부드러워."

범퍼스는 밖으로 나갔어. 마주친 사람은 바로
　　늙은 토머스 부인과 일행,
우산과 바구니를 들고 거리를 걷고 있었지.
　　그래서 부드럽게 불렀네.
"친애하는 토머스 부인! 좋은 날이지요?
　　바라건대 건강하시지요?"
하지만 부인은 우산brolly과 바구니도 떨어뜨리고
　　겁에 질려 비명을 질렀어.

가까이 서 있던 경찰관 포트는
　　그 끔찍한 소리를 들었지.
겁에 질려 얼굴이 온통 붉으락푸르락,
　　그러고는 재빨리 몸을 돌려 달아났지.
범퍼스는 놀라 슬픈 마음으로 따라갔어.
　　"가지 마세요!" 그는 부드럽게 말했지.
그러나 늙은 토머스 부인은 미친 듯 집으로 달려가

침대 밑에 숨었지.

그래서 범퍼스는 시장으로 걸어가
　　담장 너머로 쳐다보았지.
그의 얼굴을 보자 양들은 미쳐 날뛰었고,
　　암소들은 외양간을 뛰쳐나왔지.
늙은 농부 호그는 맥주를 쏟았고
　　푸줏간 주인은 칼을 떨어뜨렸어.
해리와 그의 아버지는 공포에 질려 울부짖고
　　걸음아 나 살려라 달아났지.

범퍼스는 슬프게 앉아서 울었네,
　　오두막 문밖에서.
윌리엄 윙클이 기어가
　　바닥에 앉았어.
"왜 우는 거야, 이 커다란 멍청아?
　　왜 계단을 빗물처럼 씻어 내는 거야?"
범퍼스는 꼬리로 쿵 치고,
　　다시 미소를 지었어.

240

"오, 윌리엄 윙클, 내 꼬마야." 그가 말했지.
　"자, 너야말로 내게 맞는 꼬마야!
네가 잠자리에 들어야 하지만,
　집에 데려가서 차를 대접할게.
내 등에 올라타서 꼭 잡아!"
　그래서 그들은 퍼덕퍼덕 달려갔지.
그날 밤 윌리엄은 진수성찬을 먹고
　범퍼스의 무릎에 앉았지.

버터 바른 **토스트**, 머핀,
　잼과 크림, 케이크.
범퍼스는 아주 맛있는 글루를 만들었어.
　그에게 빵 굽는 법을 알려 주었지—
아름다운 범퍼스 빵과
　담백한 갈색 보리빵.
그러고 나서 오리털과 엉겅퀴 솜털을 넣은 침대에
　그를 눕히고 이불을 덮어 주었지.

"빌 윙클, 어디 갔다 왔니?" 사람들이 물었지.

"범퍼스 차를 대접받았어요.
아주 뚱뚱해진 기분이에요,
　범퍼스 빵을 먹었거든요." 그가 말했어.
사람들이 모두 범퍼스의 집에 찾아와 문을 두드렸지.
　"아름다운 범퍼스 케이크를
우리에게도 구워 주세요, 제발!" 그들이 소리쳤어.
　"오, 구워요, 오, 구워요, 오 구워요!"

경찰관 포트가 뻐끔거리며 재빨리 와서
　사람들을 줄 세웠어.
늙은 토머스 부인은 늦게 제일 끝으로 왔지,
　모자를 삐뚜름히 쓰고.
"돌아가, 집으로 돌아가!" 범퍼스가 말했지.
　"당신들이 너무 많아.
난 목요일에만 빵을 굽거든.
　한두 사람 것만 구울 거야."

"돌아가! 돌아들 가라고! 제발!
　난 방문을 예상하지 않았어.

머핀도 토스트도 케이크도 없어.

　월리엄이 다 먹었으니까!

늙은 토머스 부인과 포트 씨,

　다시 보고 싶지 않아.

안녕히! 이러쿵저러쿵하지 마. 너무 더워!

　빌 윙클이 내게 딱 맞는 꼬마야!"

그런데 월리엄 윙클은 범퍼스 빵을 먹는 바람에

　너무 뚱뚱해져서

조끼는 가슴에, 모자는 머리에

　도무지 맞지 않았지.

그래도 목요일마다 차를 마시러 가서

　부엌 매트에 앉았어.

그가 점점 뚱뚱해지면서

　범퍼스는 점점 작아 보였지.

제빵사 빌은 유명해졌다네.

　빔블 만에서부터 봉Bong까지,

짧거나 긴long 그의 빵에 대한 명성이

이 바다에서 저 바다까지 자자했지.

하지만 범퍼스 빵만큼 맛있지는 않았어.

어떤 잼도 목요일마다 범퍼스가 발라 주고

윌리엄이 씹어 먹었던

글루 같지 않았지.

「윌리엄과 범퍼스」라는 제목의 세 번째 타자 원고는 범퍼스가 윌리엄에게 제빵 기술을 가르치는 것에 관한 몇 행이 들어 있고 다른 면에서는 1962년의 시에 근접하기 시작한다. 가령 이 시에서 범퍼스는 윌리엄의 '요리 솜씨가 괜찮은 편'이지만 앞으로 첨가하고 바꿔야 할 것이 많다고 넋두리를 늘어놓는다.

범퍼스Bumpus는 기이한 생물이다. 꼬리는 아주 길어서 '쿵 떨어지고' 발은 평평하고 털썩 소리를 내며 윌리엄이 앉을 수 있는 무릎도 있다. 이 시어들을 보면 범퍼스의 형체가 명확하지 않지만 첫 번째 원고에 톨킨은 범퍼스를 스케치했는데 허리에 앞치마를 두르고 미소 짓고 있는 통통한 도마뱀 같은 모습이다. 범퍼스가 당대 유명한 런던 서점상의 이름이라는 것을 제외하고 저자에게 특별한 의미가 있는지 우리는 알 수 없고 크리스토퍼 톨킨도 알지 못했다. 「페리 더 윙클」로 나아가는 과정에서 범퍼스는 '외로운 트롤'이 되었지만 「용의 방문」에는 '범퍼스 헤드'라는 지명이 남아 있다.

지금도 남아 있는 '윙클Winkle'이라는 성을 조사해 보면 여러 장을 쓸 수 있을 것이다. 하지만 수정된 시의 제목이 암시하듯이, 덩굴식물 Vinca(일일초)보다는 식용 연체동물(작은 고둥—역자 주)을 뜻하는 periwinkle의 축약 형태와 가장 연관되어 보인다. 「범퍼스」 3연의 Brolly은 '우산'의 속어이다. 마지막 연의 Bong은 에드워드 리어의 운율처럼 'long'의 운을 맞추기 위한 편리한 단어로 쓰였을 뿐이고 다른 의미는 없는 듯하다.

pikelet(머핀)은 차를 마실 때 먹는 작고 둥근 과자이고, bannock(보리빵)은 둥글고 납작한 빵이다. cramsome(크램섬)의 어원은 찾을 수 없으므로, 톨킨이 cram, 즉 '포만감을 느끼도록 과식하다, 쑤셔 넣다, 채우다'(『옥스퍼드 영어 사전』)라는 의미의 동사나 '가금을 살찌우기 위해 사용하는 밀가루 반죽이나 풀' 또는 더 일반적으로는 동물을 살찌우는 데 사용하는 모든 음식을 뜻하는 명사를 이용하여 만든 단어라고 생각해 볼 수 있다. 「페리 더 윙클」에서는 '범퍼스 빵'이나 '범퍼스 케이크'의 '범퍼스' 대신 "크램섬"이 들어갔고, '범퍼스 차'는 "푸짐한fulsome 차"로 바뀌었다. "아주 맛있는 글루Gloo"는 물론이거니와 트롤이 구운 비장의 빵이나 범퍼스의 재료는 불행히도 미스터리로 남아 있다.

「페리 더 윙클」에서 사람들이 낡은 트롤의 집으로 타고 가는 'moke(조랑말)'는 donkey(당나귀)의 방언이다. 'weskit(조끼)'은 waistcoat(조끼, 미국의 vest)의 변형된 형태이다.

톨킨은 가상의 편집자로서 작성한 이 책의 서문에서 「페리 더 윙클」('8번')이 붉은책에 "SG[감지네 샘]라고 표기되어 있으므로, 감지네 샘이 썼으리라고 추정할 수 있다"라고 말한다. 보들리언 도서관에 보존된 타자 원고(MS Tolkien 19, f. 51)에는 "(샘와이즈 씨의 작품으로 간주되는) 샤이어의 동요"라는 제목이 붙어 있다. 「범퍼스」에서 「페리 더 윙클」로 수정되는 과정에서 중요한 점은 '윙클'이 만나는 생물체들이 달라진 것 외에도 이 시에서 일어나는 사건들이 빔블만 지역이 아니라 호빗들의 고장에 확고하게 자리 잡았다는 것이다. 톨킨은 예전 텍스트를 수정하거나 시행이나 연을 첨가하면서 샤이어, 즉 샤이어의 중요한 마을/중심 도

시인 '말Delving' 혹은 '큰말Michel Delving'과 함께 그곳의 '감
옥굴Lockholes' 또는 감옥을 언급한다. 또한 샤이어 동쪽의
호빗들과 인간들의 정착지인 '브리' 및 브리의 북동쪽 '바
람마루'도 등장한다. "먼두듥hills of Faraway"의 Faraway는
가운데땅의 전체 자료에서 다른 곳에는 나오지 않는 지명
으로 보인다. 「페리 더 윙클」에서 그 지명은 「범퍼스」의 빔
블 만Bimble Bay'을 대체하며 같은 운을 이룬다.

튤립

「튤립」의 전신이 되는 작품은 1937년 2월 18일 《옥스퍼드 매거진》에 「문을 두드리며: 고귀한 학자의 문 앞에서 응답을 기다리며 느낀 감정으로 일어난 시행」으로 발표되었다.

튤립들이 사는 곳은
　　시커먼 잉크처럼 어둡고,
늪에 가라앉듯
　　서서히 은은하게 종이 울리지.

감히 그 문을 두드리는 자는
　　늪으로 가라앉지,
폭죽이 공중에 깜박이고

해변에서 빛나는 동안.

불꽃이 모래 바닥에서 쉬익거리며
  방울방울 떨어지는 분수에 완전히 젖고,
어둑한 괴물 석상이 서 있는 곳
  몰록 산맥 아래에.

몰록 산맥 너머 길고 험난한 길을 지나
  젖은 잿빛 나무들이 서 있는 곰팡이 낀 골짜기 아래,
달도 해도 비치지 않고 바람도 물결도 일지 않는
  검은 연못가에 뮬립들이 숨어 있지.

뮬립들이 앉아 있는 동굴은
  옛 지하실처럼 차갑고,
희미한 촛불 하나 켜 놓고
  황금 벽은 젖어 있네.

젖은 벽과 천장에서 물이 뚝뚝 떨어지고
  옆걸음질 치며 문으로 갈 때

찰랑-철썩-찰싹
　발이 바닥에서 첨벙대네.

몰래 밖을 내다보지. 갈라진 틈으로
　모두 아르마딜로처럼 덮어쓰고,
네 뼈를 자루에 담는다네.
　가지가 늘어진 버드나무 밑에서,

몰록 산맥 너머 길고 외로운 길을 지나
　거미 그늘과 두꺼비 늪을 지나
매다는 나무들과 교수대 잡초의 숲을 지나
　뮬립을 찾으러 가면―뮬립의 먹이가 된다네.

　톨킨은 「문을 두드리며」를 1927년에 쓴 듯하고 10년 후
에 수정해서 발표했다. 이 시는 모순화법oxymoron처럼 상
반된 개념의 결합을 뜻하는 '옥시모어Oxymore'라는 가명으
로 《옥스퍼드 매거진》에 발표되었다. "성직자이자 학자이
신 분의 문 앞에서 대답을 기다리며 느낀 감정으로 일어난
시행"이라는 부제는 첫 번째 수기 원고에는 붙어 있지 않

지만 많은 부분을 수정한 타자 원고(크리스토퍼 톨킨이 친절하게도 우리에게 두 원고를 제공했다)에 적혀 있다. 어느 시점에 톨킨은 이 부제에 줄을 그어 지웠다가 다시 살려 놓았는데, 이 시가 (부제를 곧이곧대로 받아들이면) 대학 생활에 대한 풍자로 보이지 않을 것인지 판단할 수 없었던 것 같다.

타자 원고에서 수정된 많은 부분 중 "밍골 산맥"은 "몰록 산맥Morlock Mountains"(원문 그대로임)으로 대체되었는데, 여기서 '밍골Mingol'은 "산맥Mountains"과 두운을 맞추기 위한 명칭일 뿐이고 다른 의미는 없는 듯하다. 나중에 '몰록'이 (별다른 의미가 없을) '멀록Merlock'으로 바뀐 것은 H.G. 웰스의 『타임머신』(1895)과 관련된 명칭이기 때문일 것이다. 각질 장갑판으로 유명한 작은 포유동물을 등장시켜 기이하게도 어울리지 않는 표현이 된 "아르마딜로처럼 덮어쓰고"도 타자 원고에서 수정된 부분이다.

톨킨은 「뮤립」에 대해 문의했던 앨런 양에게 보낸 1963년 2월 13일자 편지에서 뮤립은 호빗들이 만들어 낸 전설일 뿐인데 이는 곧 그들의 마음이 안락함에만 머물지는 않았음을 나타낸다고 설명했고(아니면 그 순간에 지어냈을 것이다), 호빗들은 'gargoyles(흉악한 괴물들)'(기괴한 형체)과 (불

251

쾌한 냄새가 나는) 'noisome waters(시끄러운 물줄기)' 같은
섬뜩한 것을 이따금 떠올리곤 했다고 암시했다. 그림 형제
나 앤드루 랭의 동화도 무삭제 원본 그대로는 악몽의 소재
가 될 수 있는 (어떤 사람들에게는 실제로 악몽의 소재인) 것과
같다. 톨킨은 '뮬립Mewlips'이라는 이름에 대해 설명하지 않
았고, 1962년 시에서 언급된 주요 지형지물, 가령 멀록 산
맥이나 두꺼비 늪marsh of Tode(1937년에는 Toad)도 가운데
땅에서 그 위치를 정확하게 찾을 수 없다. "거미 그늘"은
『호빗』의 어둠숲이나 '실마릴리온'의 웅골리안트를 둘러싼
어둠을 연상시키고, "썩어 드는 강줄기" 옆에 "늘어진 버드
나무"는 『반지의 제왕』의 묵은숲을 연상시킨다. 하지만 그
런 관련성을 억지로 끌어내서는 안 된다. 사실 『봄바딜』 시
집의 서문에서 톨킨이 번호로나 암시적으로나 가리키지 않
은 시는 「뮬립」뿐이고, '알아볼 수 있을 때라도 이해할 수
없는' 시들이 포함된 '여백에 적힌 시들'로도 언급하지 않
는다. 톨킨은 자기 문서에서 끌어낸 마지막 시에 속했던 이
시를 시집에 포함시키려면 "철저하게 다시 손질해야 한다"
라고 느꼈다(레이너 언윈에게 보낸 편지, 1962년 2월 5일, A&U
문서).

Gorcrow(썩은 고기를 먹는 까마귀, gore + crow)는 carrion-crow(까마귀)의 명칭이다. gallows-weed(교수대 잡초)는 어느 사전에서도 찾을 수 없었지만, 톨킨이 gallow-grass, 즉 대마(교수형에 쓰이는 밧줄을 만드는 데 사용되는)의 변형으로 만들었을 것이다.

올리폰트

「올리폰트」는 처음에 『반지의 제왕』(「두 개의 탑」, 1954) 제
4권 3장에 발표되었고 감지네 샘이 낭송한다. "그것이 우
리가 샤이어에서 읊는 가락이야"라고 샘은 설명한다. "터
무니없는 것일 수도 있지만, 그렇지 않을 수도 있어. 우리
에겐 우리 나름의 옛이야기들이 있고 또 남쪽으로부터의
소식도 들어." 샘은 결국 "올리폰트"(코끼리)를 실제로 보게
되고, 제4권 4장에서 하라드의 무막을 볼 때 자기 시에 나
오는 것보다 훨씬 거대한 짐승이라는 것을 알게 된다. 그것
은 "회색으로 뒤덮인 움직이는 언덕"이었고, "지금 그 같은
거수는 가운데땅을 거닐지 않는다." 그것은 이름을 제외하
면 어느 모로 보나 매머드나 마스토돈이다. 샘이 시에서 제
시하는 '사실들,' 즉 그 코끼리의 (산채만 한) 거대한 몸집이

나 뱀처럼 생긴 코, 상아 엄니, 긴 수명, 박살 내고 찌부러뜨리는 능력은 중세의 동물 우화집에서도 찾아볼 수 있다.

중세의 동물 우화에 영향을 미친 것은 『피지올로구스 Physiologus』('자연 연구자')라고 알려진 훨씬 오래전의 텍스트였다. 적어도 이 텍스트는 톨킨이 1927년 6월 《스테이플던 매거진》에 발표한 시 두 편의 '원전'으로 불릴 수 있다. 이 두 편은 공통 제목 「비자연스러운 역사와 중세 운율에서의 모험, 어류학자의 일탈」 하에 각각 「점보 혹은 올리폰트의 한 종류」와 「파스티토칼론」(해당 해설 참조)이라는 제목이 붙어 있다. (「점보」 및 「파스티토칼론」과 마찬가지로 1920년대에 작성된 '동물 우화' 시 두 편 「여우 레진하르두스 Reginhardus, the Fox」와 「외뿔소자리, 유니콘Monocerus, the Unicorn」은 아직 발표되지 않았다.) 여기 수록된 「점보」는 동물 우화와 같은 방식으로 어떤 생물의 자연사(natura)를 기술하고 그다음에 기독교적인 도덕적 또는 정신적 의미(significacio)를 제시한다. 하지만 이 시는 시작하자마자 중세의 전승에서 벗어나 플란넬(천), 고무호스, 진공청소기가 있는 현대 세계로 들어선다.

255

점보의 자연사 Natura iumbonis

인도의 올리폰트는 장대한 덩어리,
움직이는 산, 위풍당당한 포유동물
(그런데 혹이 있다고 상상하는 사람들은
낙타와 잘못 혼동하는 거야).
축 늘어진 귀는 플란넬 천처럼 펄럭이고,
늘어진 유연하고 긴 코는
진주처럼 뽀얀 에나멜 엄니 사이에서
필요에 따라 고무호스나
진공청소기로 제 역할을 하지.

혹은 때로 나팔 대신
무시무시한 팡파르를 울리면
괴물 같은 머리에서 나오는 강력한 음악이
공허하게 울리는 종소리나 취주악단을 완전히 압도하지.
이 생물들은 말다툼도 하지 않고 (안타깝게도
서구의 땅에서 이웃 음악가들은 그렇지만)
함께 모여 풀밭을 짓밟고

사이좋게 떼 지어 즙이 많은 새싹을 우적거리지,
씹지 않은 이파리가 하나도 없을 때까지.

그럼에도 이 사교적인 영혼은 언짢은 결함이 있었지.
말재주가 없고, 농담은 진지했어,
그는 무함마드의 법칙을 사랑하니까.
세 마리의 갈증을 느끼더라도
방대한 배 속을 차로 채우지.
따라서 금주가들은 악덕을 피하지 못하고,
유력한 저자들은 말하네, 은밀히
그가 포도주보다 더 치명적인 약을 먹는다고,
그에 비하면 코카인은 무해한 농지거리라고.

까만 만드라고라의 해로운 뿌리를
그는 은밀히 불경하게도 맛있게 씹어 먹지,
(테레빈 나무, 쑥국화, 또는 마초 같은)
약탈한 약들을 경멸하면서.
그 마성의 즙은 서서히 흘러가며
굼뜬 핏줄을 갑자기 광기로 채우고,

257

그의 진지하고 소박한 성격을 완전히 뒤바꾸어
즐거워 깡충깡충 뛰어다니는 거대한 양으로 만들지,
사악한 거인국brobdingnagian의 바실리스크로

그의 텅 빈 머리의 공허한 공간은
포악한 취기의 불길로 가득 찼네.
그의 다리가 더는 이끌리는 것을 견디지 못하고
이상한 해방감에 멋대로 돌아다니지.
그러다가 날아갈 듯한 기쁨에
넘어져 자빠질지 모른다는 무시무시한 공포가 깨어나지,
공중 부양 장치가 전혀 없으니까,
넘어지면 무력하고 뚱뚱한 다리로
힘없이 허공을 두드릴 테니까.

그러면 그는 서둘러, 팔다리를 구슬릴 수만 있다면,
(늪지 파충류가 숨어 있거나 헤엄치지 않는)
깊고 고요한 물가나 어두운 못으로 가서
가만히 서 있네―아니, 이마를 식히려는 게 아니라,
지방질의 둥근 배가 떠받치고 있어서

넘어질 수 없다고 생각하면서, 그 바보가.
하지만 대개 물을 찾지 못하면
맹목적으로 쿵쿵거리며 땅을 어슬렁거리고,
천둥 같은 소리를 내며 마을을 습격하지.

야만적으로 들이받는 그를 가로막는 집이 있다면,
재앙이 내리리라—그 집은 부서져 수북이 쌓이고,
안에 있던 자들은 젤리처럼 한 덩어리로 뒤섞이고
아무 생각 없이 경솔하게 잠을 자다가 으깨지고 말지.
마침내 피로해서 양이나 지친 말처럼
온순해져 달콤한 휴식을 갈망할 때면
뿌리가 뱀처럼 기어 나가
거대한 둘레로 적절히 자란 인드Ind의 나무에,
지친 몸뚱이를 기대고 깜빡 잠이 들지.

그렇게 꿈에 빠져들면 갑자기 끝나지 않을 거라고
그는 생각하네. 대단한 희망이지! 그의 사소한 습관을
너무도 잘 아는 사냥꾼들이 우파스의 그늘 아래
숨어 있으니까. 올리퍼스에게 불쾌한 판매를,

장례의 조종을 그들은 계획하지.
줄기를 톱으로 거의 다 자르고
그가 알지 못하도록 받쳐 두었거든.
마침내 거기 몸을 기대면, 불쌍한 영혼—
나무가 쓰러져 무덤에 빠지는 거라네.

도덕적 의미 Significacio

이 구슬픈 사실들이 제기하는 원칙은
지적할 필요가 거의 없지만, 비열한 마하운드를 여전히
따르는 사람이 있다는 사실을 간과할 수 없다,
기독교인들은 보편적으로
맹물을 마시기 적합하지 않다고 생각하지만.
포도주, 그것도 다량의 포도주가 없다면
음악이나 지방 섭식으로는 연회를 벌일 수 없다.
선량한 사람들은 조금 아니면 거나하게 취했을 때
장난과 놀이를 (너무 잘 감시되긴 하지만) 눈감아 준다.
그러나 광란의 뿌리가 술이 아니라 약인 사람들은
즉시 억제되고 급히 수감되어야 한다.

올리폰트Oliphaunt라는 단어는 코끼리elephant의 고어체이거나 '투박한' 형태일 뿐이고 중세의 일반적인 철자이다. Iumbo라는 명칭은 J 글자가 없었던 고전 라틴어 철자에서 Jumbo이고, 동물원과 서커스에서 유명했던 19세기 후반의 코끼리 점보에 보내는 묵례이다. 하지만 그 점보는 이 시에서 그려진 것과는 다르게 인도산 종자가 아니라 아프리카 코끼리였다.

중세 문헌에 금주("무함마드의 법칙", 이슬람의 금지령)하거나 차를 마시는 코끼리에 대한 묘사는 없는 듯하다. 그러나 동물 우화 작가들은 코끼리가 태생적으로 정숙하기 때문에 임신을 원할 때는 임신 촉진제이자 최음제로 알려진 만드라고라mandragora, 다른 말로 맨드레이크mandrake를 먹어야 한다고 말한다. 톨킨은 맨드레이크를 코카인('무해한 농지거리'이나 농담거리)과 중세의 약전에 나오는 순한 마약 세 가지와 비교한다. 테레빈 나무terebinth는 테레빈유를 산출하는 나무이고, 쑥국화athanasie는 tansy라고 불리며, 마초moly 또는 '마법사의 마늘sorcerer's garlic'은 헤르메스가 오디세우스에게 키르케에게 대항하는 마법으로 준 약초이다. 맨드레이크를 은밀히privily 먹으면 "포도(포도주)보다 위험한"

마력에 영향을 받아서 코끼리의 "진지하고 소박한 성격"은 동물 중에서 가장 무시무시하고 눈길이나 숨결로 치명적인 결과를 일으키는 바실리스크처럼 되어 버린다. 더욱이 코끼리의 '사악함badness'은 (스위프트, 『걸리버 여행기』, 1726년에서 모든 것이 걸리버에 비해 거대한 땅Brobdingnag을 따라서 그 정도로) 거대해진다brobdingnagian.

동물 우화에 따르면 코끼리는 다리에 관절이 없다고 여겨졌기에 넘어지는 것을 두려워하며 산다. 이를 방지하기 위해 코끼리는 종종 물속에 서 있고, "지방질의[뚱뚱한] 둥근 배가 떠받치고 떠" 있다. "늪지 파충류가 숨어 있거나 헤엄치지 않는 곳Where no reptilian mugger lurks or swims"의 파충류는 인도의 늪지 악어mugger나 코가 넓은 악어를 가리킬 것이다. 동물 우화에서 코끼리의 숙적은 용으로 알려져 있지만, (관련하여 주목할 것으로) 러디어드 키플링의 『이런저런 이야기들』(1902)에 나오는 「코끼리의 아이」에서 코끼리는 악어와 대전을 치르며 긴 코를 얻는다.

또한 동물 우화집에 따르면, 코끼리는 (전해지기로) 나무에 기대어 자는 습관이 있기 때문에 사냥꾼들은 코끼리가 좋아하는 나무를 반쯤 잘라서 덫을 놓고 코끼리의 무게로 나무가 쓰러지면서 코끼리가 일어서지 못하고 꼼짝할 수 없게 만든다. "뿌리가 뱀처럼 기어 나간 나무"는 우파스 나무Upas로 여행담에, 특히 에라스무스 다윈의 『식물원』 (1789~1791)에 나온다.

> 황량한 황야의 무서운 정적 속에 무시무시하게
> 치명적인 우파스 나무가 앉아 있지, 죽음의 히드라 나무.
> 보라, 독이 든 땅속의 뿌리 하나에서
> 천 개의 식물 뱀이 자란다.

우파스는 실로 큰 나무이지만 "거대한 둘레"보다 높이가 더 크게 자라고, 인드(여기서는 아시아나 동양), 특히 자바의 자생 식물이다. 코끼리 사냥꾼이 유독한 수액에 닿을 위험을 무릅쓰며 나무를 자르려면 실로 위험한 지경에 처할 수 있다.

Physiologus(자연 연구자)에 대한 톨킨의 풍자는 도덕적 교훈이 아니라 마약과 술 사이의 도덕적 갈등으로 마무리된다. "포도주, 그것도 다량의 포도주"라는 과장된 조롱조의 묘사, 기독교인들이 "보편적으로" 과도한 음주를 수용한다는 (전통적으로 차를 마시는 나라에서) 생각, "조금canned 아니면 거나하게 취했을 때greased"(도취된intoxiated) "장난과 놀이"를 추구하는 것은 무슬림의 금욕과 대조된다. 마하운 드Mahound(또는 Mahoun)는 중세 시대부터 기록된 무함마 드Muhammad(Mohammed 등등)의 와전된 형태이다.

『반지의 제왕』에 「올리폰트」를 넣기 위해 톨킨은 1944년 에 아들 크리스토퍼에게 보낸 편지에서 썼듯이(『편지들』, 66번 편지) 「점보」를 "호빗의 동요"로 바꾸었다. 그 과정에 서 시를 훨씬 단순하게 만들었고 가운데땅에서 찾을 수 없 는 시대착오적인 부분들을 빼냈다. 그렇지만 이 시는 오래 전 동물 우화집의 특색을 여전히 간직하고 있다.

파스티토칼론

톨킨은 1927년 6월 《스테이플던 매거진》에 「파스티토칼론」이라는 제목의 초기 시를 발표했다.

파스티토칼론의 자연사 Natura fastitocalonis

늙은 파스티토칼론은 뚱뚱해.
그를 혹시라도 끓인다면
　그 기름이 엄청난 통이나
탱크나 저수통을 가득 채울 거야.
혹은 마가린 언덕을 만들고,
　혹은 태양 아래 모든 수레의
　　삐걱거리는 바퀴들에

듬뿍 기름칠을 하고,
혹은 가슴이 약한 사람들을 위한
　유제를 큰 통에 끓이겠지!

그는 끈적끈적한 침대에서 뒹굴어
바다 속 깊고 잡초가 많은 곳에서.
　흥겨운 악기처럼 빙빙 돌면서
엄숙하고 아름답고 커다랗게 코를 골지.
그러면 그쪽으로 무리 지어 굴러들지.
　정어리sardine, 그리고 가자미sole
　　　아주 납작한
온갖 작고 어리석은 물고기들이
눈을 휘둥그레 뜨고 기웃거리고,
　망둑어skipper와 청어sprat는
　　　기뻐 날뛰며
그의 턱 입구에 다가오지.
어떤 잔치나 놀이가 벌어지고 있는지
　보려고 들어가지.

저런! 그러고 나면 물고기들이 다시는 나오지 않아.
놀림거리가 되었지,
　　저녁거리도 되었고.
하지만 적도의 돌풍이 무르익어
폭풍과 분란이 일어나는 때가 있어
　　엄청난 소동이 일어나지
　　　　　저 아래에서.
그 깊은 바닷속이 평온하지 않으면
그는 위로 올라와 가슴을 물에 대고
　　공중에 떠 있다네.

그의 갈비뼈는 부드럽고, 그의 눈은
작고 사악하며, 놀랍게도 교활하지.
　　그의 가슴은 시커멓고 변덕스럽고.
비계가 많은 그의 방대한 등을 조심하라.
졸고 있는 그의 옆구리는 공격하지 말고
　　간지럼을 태우지도 말아.
　　　　　조심하라!
그의 꿈은 깊지도, 심오하지도 않아.

잠든 척할 뿐이지.
  코 고는 소리는 덫이야.

새까만 바다를 떠다니는 그는
햇살이 내리쬐는 섬처럼 보이지,
  좀 텅 비어 있기는 해도.
갈매기들이 시치미 떼고 그 위에서 활보하며 깃털을 다
  듬지.
그들의 임무는 비밀 정보를 알려 주는 거라네.
  만일 누군가 그 섬에 오른다면,
          주전자를 들고
야외에서 차를 마시려고, 혹은
뱃멀미나 젖은 몸을 달래려고,
  누군가는 어쩌면 정착하려고.

아! 어리석은 자들이여, 그의 몸에 올라
전매특허품인 난로를 손질하거나
  경솔하게 불을 피우거나
옷을 말리거나 팔다리를 녹이려 하다니

등불 주위에서 춤추고 뛰어다니며―
　　바로 그가 원하는 것이지.
　　　　그는 씩 웃는다네.
열기를 느끼면 뛰어들지.
저 아래 깊은 바다 속으로. 당신은 죄에 둘러싸인 가운데
　　고립되어 목숨을 잃는다네.

도덕의 추론 Significacio sequitur

이 막강한 괴물은 우리에게 가르친다
무단침입은 위험하다는 것을,
　　위험이 숨어 기다린다는 것을
다른 사람의 문을 엿보는 호기심 많은 사람들,
너무 일찍 또는 너무 늦게
　　흥분해서
　　　　바닥에서 춤추는 사람들에게.
기름이 너무 많으면 없는 것보다 나쁘고,
빵에 바르는 마가린을 아끼고
　　손안에

가진 것에 만족하라는 것을.
요란하고 시끄러운 소음은
음악도, 노래도 아니고
취주악단일 뿐이라는 것을.

아마 발표되기 얼마 전에 작성되었을 이 「파스티토칼론」 원고는 두 편의 「비자연스러운 역사와 중세 운율에서의 모험, 어류학자의 일탈」 중 하나이고, 중세 동물 설화집에 수록된 묘사에 기반하고 부분적으로는 이전에 쓴 「Physiologus」('자연 연구자'; 위의 「올리폰트」에 있는 「점보」의 주를 보라)에 바탕을 두고 있다. 여기서도 동물의 자연사(natura)에 대한 묘사 다음에 도덕적 추론(significacio sequitur, '이어지는 의미')이 나온다. 또다시 톨킨은 마가린과 삐걱거리는 바퀴 같은 시대착오적 묘사를 도입하여 '중세적' 시를 우리 시대의 이야기로 바꾸어 놓는다.

1964년 3월 5일에 톨킨은 『봄바딜』에 발표된 「파스티토칼론」에 대해 에일린 엘가에게 편지를 썼다(그러나 그의 언급은 앞서 《스테이플던 매거진》에 발표된 시에도 적용된다.)

[그 시는] 옛 '동물 우화집'에 나오는 것을 호빗의 상상에 맞춰 축소된 형태로 다시 쓴 것입니다. 당신이 그 와전된 형태에서 그리스식 명칭을 알아보았다는 것이 놀랍군요. 사실 그 명칭은 지금까지 남아 있는 앵글로색슨 동물 우화[아마도 10세기의 엑서터 북]의 단편에서 따왔고, 그것이 다분히 우스꽝스럽고 터무니없게 들려서 보다 학식이 느껴지며 요정다운 명칭을 호빗이 바꾼 것으로 사용하기에 적합하다고 생각했지요. [⋯] 여기서 박식한 이름은 Aspido-chelōne, 즉 '둥근 (가죽) 방패가 있는 바다거북'인 듯합니다. 그 와전된 형태인 astitocalon은 그 시대의 많은 단어들보다 변형이 심하지 않았지만, 당대 시인들이 필수적으로 여겼던 두운을 그 행의 다른 단어들과 맞추기 위해 시인은 단어 앞에 F를 붙였을 겁니다. 우리의 취향에 따라 이런 행위에 대해 충격적이라든지 아니면 매력적인 자유라고 부를 수 있겠지요.

그 시인은 이렇게 말합니다. þam is noma cenned/ fyrnstreama geflotan Fastitocalon, '그에게, 고대의 바다에서 떠다니는 것에게, 파스티토칼론이라는 이름이 지정되었다.' 실제 괴물이 섬으로 보이도록 기만한다는 생

271

각은 동양에서 유래한 듯합니다. 신화 창조적 상상력에 의해 확대된 해양 거북이지요. 나는 그것을 그대로 두었습니다. 하지만 유럽에서 그 괴물은 고래와 뒤섞이게 되었고, 앵글로색슨 판본에서는 이미 입을 벌려 물고기를 잡아먹는 등 고래의 특징을 갖고 있습니다. 도덕적 의미를 덧붙이는 동물 우화에서 그 괴물은 물론 악마의 상징이고 밀턴도 그렇게 다룹니다. (『편지들』, 255번 편지)

먼저 쓴 「파스티토칼론」 원고에서 그 생물은 명백히 고래인데, 과거에는 기름을 얻기 위해 고래의 'blubber(비계)'를 구하려고 애썼다. tun(큰 통)은 양조업자가 쓰는 통이고, 가슴에 'emulsion(유제)'를 문지르는 것은 일반적인 치료법이다. skipper는 망둑어이고, sprat는 청어의 일종이다. 이런 물고기들이 (톨킨은 두운을 맞추고 있으므로) 정어리sardine와 가자미sole와 함께 고래에게 끌린다. 여기서는 "흥겨운 악기"처럼 고래가 코를 고는 부드러운 소리에 이끌린다. 동물 우화에서는 꽃처럼 향기롭다는 고래의 숨결이 물고기들을 끌어들인다.

춘분이나 추분에 폭풍('적도의 돌풍equinoctial gales'이 바다 밑

해설

바닥에서 일어나면 고래는 등에 바다 모래와 조약돌이 쌓인 채 수
면으로 올라와서 섬으로 착각을 일으키게 하는데—잠자는 척하면
서 벌이는 의도적인 계략이다. 육지라고 생각해서 고래 등에 오른
선원들이 열기를 느낀 고래가 물속으로 뛰어들 때 죽고 만다는 생
각은 동물 우화집에 나온 것이고, 중세의 「브렌단 성인의 항해」에
서도 중요한 부분을 이룬다. 시에서 "시치미 떼"는 "갈매기들"은
인간들이 와서 '전매특허품인(상업적으로 제조된)' 난로를 '손질
할(준비할)' 때 고래에게 '비밀 정보를 알려 주'거나 미리 알
려 주는 일을 한다. glim(등불)은 여기서 양초나 등잔의 '희
미한 빛'을 뜻할 것이다(glimmer, gleam을 참조하라).

　동물 우화집은 고래가 물고기를 유인해서 깊은 곳으로
끌어내리듯이 악마는 믿음이 약한 인간들을 꾀어서 지옥
으로 끌고 간다고 말한다. 이와 대조적으로 톨킨의 "도덕"
은 "다른 사람의 문을 엿보는 호기심 많은 사람들, […] 흥
분해서 바닥에서 춤추는 사람들"을 비난한다. 이는 여러 해
뒤에 그가 아들 크리스토퍼에게 말한 것과 같은 맥락이다.
"[전후의] 음악은 선정적인 스윙에 굴복할 테지. 스윙이란
내가 이해하기로는 피아노(가령 쇼팽이 고안한 소리를 내는
데 적합하게 만들어진 악기)를 둘러싸고 '즉흥 연주회'를 열면

서 피아노가 부서져라 세게 내리치는 것이지."(1944년 7월 31일, 『편지들』, 77번 편지)

『봄바딜』 시집에 싣기 위해 「파스티토칼론」을 수정했을 때 톨킨은 길이를 줄이고 단순하게 수정했지만 가짜 섬과 그 위에 기만적으로 앉아 있는 새들, 그리고 교활한 짐승—이제는 (Aspido-chelōne에 나온) 원래의 거대한 거북 물고기이고 뿔 같은 껍데기가 있다—의 핵심적인 시상은 그대로 남아 있다. 시의 말미에서 '가운데땅'이 언급되면서 이 시는 『반지의 제왕』의 맥락 안에 놓이고, 이 시의 새로운 '도덕'(미지의 해안에 발을 들여놓지 말아라)은 모험심이 없는 호빗 작가에게 더 잘 어울린다.

『봄바딜』 1쇄에서 (다음에 나오는) 「고양이」는 「파스티토칼론」 앞에 실렸지만, 두 가지 색깔이 들어가는 그림을 모두 (제작비 절감을 위한 방책으로) 전지의 한쪽에만 싣고 접어서 맞추었기 때문에 「고양이」의 전면 삽화가 「파스티토칼론」의 본문 안에 들어갔다. 출판업자 레이너 언윈의 제안과 톨킨의 동의로 2쇄에서는 이것이 수정되었고 「파스티토칼론」이 「고양이」 앞에 실렸다. 그러므로 원래 12번과 11번으로 번호가 매겨졌던 시들이 11번과 12번이 되었지만, 서문의 11번과 12번에 대한 언급은 수정되지 않아서 (「파스티토칼론」이 아닌) 「고양이」가 붉은책의 "여백에 적힌 시"에 포함되었고, (「고양이」가 아니라) 「파스티토칼론」이 "호빗들이 좋아한 옛날의 우스운 동물 우화를 다듬은 것"으로 감지네 샘이 썼다고 설명되었다.

고양이

톨킨은 1956년에 둘째 아들 마이클의 딸 조안나(조안 앤)를 위해 「고양이」를 썼다. 이 시는 『톰 봄바딜의 모험과 붉은 책의 다른 시들』에 처음으로 발표되었다. 1쇄 후에 시들의 순서에서 「고양이」를 재배치한 것에 대해서는 위의 「파스티토칼론」의 주를 보라.

톨킨은 레이너 언윈에게 폴린 베인스가 「고양이」의 삽화로 그린 큰 그림이 이 책에 실린 가장 훌륭한 그림에 속하지만 "삽화로서는 인간을 먹는 데 몰두한 '상상의 사자'를 형상화하지 않아서 중요한 점을 놓쳤다"라고 말했다 (1962년 8월 29일, A&U 문서, 『연대기』, 596쪽). 이 시는 "동쪽에서 짐승들과 연약한 인간들로 잔칫상을 벌인" 고양이를 언급한다.

중세의 전승에서 'pard(표범)'는 큰 고양이들 중에 독특한 종으로 얼룩덜룩한 색깔에 사자의 갈기를 갖고 있었다. 그 고양이의 재빠르고 치명적으로 난폭한 속성—'잽싼 걸음으로', '먹이를 덮친다'—은 잘 알려진 동물 우화 원고에 묘사되어 있다("Pardus id est genus varium ac velocissimum et praeceps ad sanguinem, saltu enim ad mortem ruit"). leo(사자)와 pard의 자손이 표범leopard이라고 하지만, 표범의 동물학적 명칭은 Panthera Pardus이고, pard는 'leopard'나 'panther'의 시적이거나 문학적인 표현으로 쓰이게 되었다.

그림자 신부

「그림자 신부」의 초기 원고는 1936년에 「그림자 인간」으로 옥스퍼드 근처 애빙던온템스에 있는 성모회 학교의 열두 번째『연감』에 발표되었다. 성모회 학교(현재는 성모회 애빙던)는 자비의 성모동정회가 수녀원 학교로 1860년에 설립했고, 독실한 가톨릭교도였던 톨킨은 제1차 세계대전 중 병원에 입원했던 시절 이후로 그 로마 가톨릭 교단의 수녀들을 잘 알고 있었다.

홀로 살아온 남자가 있었지.
　그림자에 가린 달 아래에서
영구적인 돌처럼 오래 앉아 있어도
　그림자가 없었네.

올빼미들이 그의 머리에 내려앉았지.
　여름 달빛 아래
부리를 비비며 그가 죽었다고 생각했지.
　여름 내내 말없이 앉아 있었으니.

회색 옷을 입은 숙녀가 왔지,
　달 아래서 빛을 발하며.
한순간 그녀는 서 있었지,
　머리칼을 꽃으로 휘감고.
돌에서 솟아오르듯 그는 깨어났네.
　그림자에 가린 달 아래에서,
그녀를 꼭 껴안았네, 살과 뼈 모두.
　그들은 그림자에 덮였지.

그녀는 더는 빛 속에서 걷지 못했지,
　달빛 비치는 산 위에서도.
언덕 안에 머물렀지, 밤을 밝히는 것은
　샘물밖에 없는 곳—
일 년에 단 한 번 동굴이 하품하고

언덕들이 그림자에 덮일 때
그들은 새벽이 올 때까지 함께 춤을 추며
단 하나의 그림자를 드리운다네.

1936년에 발표된 시와 거의 동일한 텍스트가 톨킨의 서
류에 정서본으로 보관되어 있는데 제목은 「그림자 신부」
로 되어 있다. 더글라스 A. 앤더슨은 『주석 따라 읽는 호빗』
(2002년 판본)에서 「그림자 신부」의 또 다른 원고를 소개했
는데 제목은 없고 「깊은골의 요정 노래」와 같은 면에 적혀
있다. 이 두 편은 1930년대 초에 작성된 듯이 보인다.

폴 H. 코허는 이 시와 유사한 작품으로 페르세포네(프로
세르피나)의 신화를 들 수 있다고 처음으로 지적했는데 이
지적은 그 전편에도 잘 들어맞는다. 이 신화에서 지하 세계
의 지배자 하데스(플루토)는 처녀 페르세포네를 유괴해서
땅속으로 데려가 아내로 삼는다. 그녀의 어머니인 추수의
여신 테메테르(케레스)가 극심한 비탄에 빠진 나머지 온 땅
이 황폐해진다. 결국 일종의 타협안으로 (어떤 이야기에 따르
면) 페르세포네는 봄마다 어머니에게 돌아가지만 겨울에는
어두운 지하 세계에서 살아야 하고 그럼으로써 계절의 순

환이 이루어진다. 만일 「그림자 인간」과 「그림자 신부」가 이 신화에 영감을 받은 시라면, "홀로 살아온 남자"는 어둠과 그림자의 주인 하데스에 가깝고, 그 남자가 "꼭 껴안은" 머리에 꽃을 휘감은 "회색 옷을 입은 숙녀"는 하데스의 신부 페르세포네이다. 「그림자 인간」에서 그 남자와 숙녀가 사는 언덕 아래는 켈트족 신화에서 지하 세계(혹은 내세)를 뜻하는 일반적인 표현이다. 「그림자 신부」에서 이곳은 '낮도 밤도 없는 곳 저 아래'이고, 하데스 영토의 어둠을 잘 표시한다. 두 시에서 '일 년에 한 번 동굴이 하품할 때'나 특히 「그림자 신부」에서 '숨은 것들이 깨어날 때'—긴 겨울이 지난 후 봄이 돌아오거나 가뭄 뒤에 식물이 되살아나며—에 대한 언급은 유사성을 두드러지게 만든다.

하지만 코허가 언급하듯이, "[「그림자 신부」와] 그 전설의 차이점은 유사한 점들 못지않게 많기 때문에 독단적인 주장은 현명하지 못하다"(『가운데땅의 명인: J.R.R. 톨킨의 소설』, 1972년, 220~221쪽). 신화에 따르면 하데스는 페르세포네를 사로잡기 (그는 폭력적인 방식으로 그렇게 한다) 전에 "영구적인 돌[혹은 돌 조각]처럼 오래 앉아 있지" 않았고 연중 정해진 때에 지하 세계의 왕과 왕비가 "새벽이 올 때까지 함께 춤을 추지"도 않는다. 동시에 이 시들의 기이한 이미지와 사건을 고려해 볼 때 돌연히 솟아난 끈질긴 사랑을 다루는 것 같지 않다. 가령 '실마릴리온'의 헴록 숲에서 춤추는 루시엔 티누비엘과 마주친 베렌이나 숲의 그늘에서 멜리안의 주문에 사로잡힌 싱골의 이야기가 아니다.

이 시의 남자는 가만히 때를 기다리고 있었을까? 아니면 「그림자 신부」에서 명백히 드러나듯이 깨어나기 전에 주문에 걸려 있었을까? 그는 「그림자 인간」에서 묘사되듯이 깨어나서 그림자를 얻는가, 아니면 수정본에서처럼 숙녀의 그림자를 받아 공유하는가? 이 숙녀는 어떤 비평가들이 주장했듯이 요정인가? 후자일 경우에 톨킨이 1920년대에 고대영어로 쓴 「Ides Ælfscýne」를 주목할 가치가 있다. 톨킨이 1936년에 『언어학자들을 위한 노래』에 사적으로 발표했고 톰 시피가 번역해서 『가운데땅으로 가는 길』에 실었던 이 시에서 어느 "아름다운 요정 숙녀ides ælfscýne"가 소년을 포옹하고 "그림자 길이 늘 명멸하는 어둠 아래로" 데려간다(2005년 판본, 405쪽).

「그림자 인간」에서 "밤을 밝히는 것은/샘물밖에 없는 곳"이라는 구절은 우리들로서는 어쩌면 성서의 시편 36장

9절 "정녕 당신께는 생명의 샘이 있고 당신 빛으로 저희는 빛을 봅니다For with thee is the fountain of life; in thy light shall we see light"에 표현된 신에 대한 언급일지 모른다는 것 외에는 설명할 수 없다.

보물 창고

「보물 창고」는 아마 1922년 말에 쓰고 1923년 1월에 리즈대학교의 잡지 《그리폰》에 발표했을 「Iúmonna Gold Galdre Bewunden」(마법에 걸린 옛 사람들의 금)으로 시작하는 일련의 시 중에서 마지막 작품이다. 톨킨은 「Iúmonna Gold Galdre Bewunden」을 전체적으로 수정해서 동일한 제목으로 《옥스퍼드 매거진》에 1937년 3월 4일 발표했다 (인쇄된 텍스트에서는 강세가 빠져 있다). 이 시가 「보물 창고」로 1962년에 『봄바딜』에 실리면서 사소한 부분이 몇 가지 더 수정되었다. 하지만 1946년 9월에도 이 시의 제목은 '보물 창고'였고, 톨킨은 「햄의 농부 가일스」와 함께 출판할 수 있도록 조지 앨런 앤드 언윈 사에 그 시의 사본—당시 가장 최신의 형태—을 보내면서 그 제목으로 언급했다.

여기 나오는 시는《그리폰》에 실린 이 시의 첫 번째 형태이다(다만 3연에서 'He'가 'His'로 쓰인 오타를 바로잡았다).

> 옛 요정들과 강력한 주문이 있었지.
> 텅 빈 골짜기의 초록 언덕 아래
> 그들은 흥겹게 금을 세공하며 노래했다네.
> 깊고 깊은 시간 속에 젊은 땅에서,
> 지옥이 파이기 전, 용들이 알을 품거나
> 거친 지하에서 난쟁이들이 수두룩이 태어나기 전,
> 인간들이 몇몇 땅에 살고 있었네.
> 입과 손으로 재주를 익혔지.
> 하지만 그들의 몰락이 다가왔고 노래는 끊어졌지.
> 그들을 만든 탐욕이 그 굴로 끌어내지 않았지.
> 그들의 보석과 금, 아름다운 것들을,
> 그리고 그림자가 요정나라Elfinesse를 덮쳤네.
>
> 깊은 동굴 속에 늙은 난쟁이가 있었지.
> 갖고 있는 금붙이를 세었네.
> 난쟁이들이 인간들과 요정들에게서 훔쳐

어둠 속 음울한 그들이 독차지했던 것.
그의 눈은 침침해지고 귀는 멀고
늙은 머리 살갗은 누렇게 변했지.
뼈만 앙상한 손가락 사이로 보이지 않게
티없는 보석들의 흐릿한 빛이 빠져나갔네.
땅을 뒤흔든 발소리를 듣지 못했지,
불타는 욕망에 휩싸인 젊은 용의
세찬 날갯짓 소리도, 요란한 웃음소리도.
그의 희망은 금, 그의 믿음은 보석,
하지만 그의 어둡고 차가운 굴을 용이 찾아냈고
그래서 땅과 훔친 물건을 빼앗겼지.

옛 바위 아래 늙은 용이 살았네.
홀로 붉은 눈을 끔뻑거렸지.
불타던 심장의 불꽃은 소진되어 흐릿해지고
몸뚱이는 혹과 주름투성이에 다리는 굽고
기쁨은 죽었고 잔인한 젊음도 사라졌지만
아직도 들끓는 욕망에 인정사정없었지.
끈끈한 뱃가죽에 보석들이 두껍게 박혀 있고,

금붙이들을 냄새 맡으며 핥곤 했지.
거기 누워 꿈꾸었네.
작은 반지 하나에 혹시라도 손댈
도둑이 당할 화와 뼈를 깎는 고통을,
불편한 꿈을 꾸면서 날개 하나를 흔들었지.
그는 발소리도, 짤랑이는 갑옷 소리도 듣지 못했네.
겁 없는 전사가 그의 동굴 입구에서
그의 금을 지키기 위해 나와 싸우라고 외칠 때까지,
하지만 단단한 칼이 그의 심장을 차가운 고통으로 찢
    었지.

높은 옥좌에 늙은 왕이 앉아 있었네.
뼈만 앙상한 무릎에 흰 수염이 늘어졌고,
그의 입은 먹을 것도, 마실 것도 맛보지 않았고
그의 귀는 노래를 듣지 않았네. 오로지
조각된 뚜껑이 달린 커다란 궤만 생각했지,
어두운 땅속 비밀 보물 창고에
보이지 않는 금과 보석이 숨겨진 곳.
그 강력한 문들은 쇠로 잠겨 있었지.

그의 전사들의 칼은 녹슬고 무뎌졌고,

그의 명예는 더럽혀졌고, 그의 지배는 정의롭지 않고,

그의 왕궁은 텅 비고, 그의 침실은 차갑지만,

그는 요정의 황금을 차지한 왕이었지.

산 고갯길에서 울리는 뿔나팔 소리도 듣지 못하고,

짓밟힌 들판에 흩뿌려진 피 냄새도 맡지 못했네.

그의 왕궁은 타 버렸고 그의 왕국은 빼앗겼지.

존중받지 못하는 무덤에 그의 뼈는 던져졌다네.

컴컴한 바위 아래 옛 보물이 있다네.

누구도 열 수 없는 문 뒤에 잊힌 채,

열쇠는 사라졌고 길은 없어졌지.

누구도 주시하지 않는 언덕에 초록 풀이 자라지.

초록 풀밭에서 양들이 풀을 뜯고

종달새가 날아오르지. 누구의 눈도

그 비밀을 찾아내지 못할 거라네,

그 보물을 만든 자들이 돌아올 때까지

요정나라의 빛이 다시 타오르고 숲이 흔들리고

오랫동안 고요했던 노래가 한 번 더 깨어날 때까지.

"Iúmonna gold galdre bewunden"은 고대 영어로 쓰인 시 『베오울프』의 3052행이고, 톨킨은 학자로서 이 작품에 깊이 천착했다. 그의 번역에 의하면 (폴린 베인스에게 1961년 12월 6일에 보낸 편지, 『편지들』, 235번 편지) 이 구절의 뜻은 "마법에 걸린 옛사람들의 금"이다. 『베오울프』에서 이 구절은 오래전에 비축된 엄청난 보물을 가리키고, 그 주위에 주문이나 저주가 걸려 있어서 누구도 그것을 건드릴 수 없다. 이 제목은 일련의 사건들을 통해서 탐욕과 소유욕의 '저주'를 탐구하는 톨킨의 시에 적합하다.

이 시의 모든 원고들은 요정들이 오래전에 "초록 언덕 아래"에서 "보석과 금"(1923)으로 "아름다운 것들"(1937, 1962)을 만들며 부르는 노래로 시작한다. 그러나 그들의 보물을 차지하려는 탐욕이 (익명의) 적을 불러오고 요정들은 정복된다. 후에 그 보물을 차지한 "깊은 동굴 속에 늙은 난쟁이"는 1923년 시에서 도둑질로 훔쳤음이 분명히 드러난다. 난쟁이들은 "금붙이"와 반짝이는 보석들을 "인간들과 요정들에게서" 훔쳤다. 수정본에서 난쟁이는 도둑이라 불리지 않지만 "손가락이 은과 금에 달라붙었"다clave(착 달라붙다cleaved, 단단히 붙다stuck fast). 그도 귀중한 것들을 만들기는 하지만 (요정들처럼) 아름다움을 위해서가 아니라 "왕들의 권력을 사"기 위해서라고 묘사된다. 1923년 시는 그의 은둔을 암시할 뿐이지만 이후 수정본에서는 용이 나타났을 때 "붉은 불길에 싸여 홀로"(1937, 1962) 죽는다고 명시된다.

한편 3연의 용은 보물을 지키다가 늙고 쇠약해지면서 도둑들을 어떻게 처리할 것인지를 무자비하게("인정사정 없었지", 1923) 마음이 어수선해지도록 생각한다. 비유적으로 그는 보물에 묶여 있고, 늙은 난쟁이처럼 "들끓는 욕망"(1923)이 있지만 갈망하는 것을 지킬 수 없다. "조각된 뚜껑이 달린 커다란 궤" 안에 든 보물에 사로잡혀 자기 왕국을 돌이킬 수 없이 방치하면서 튼튼한 문 뒤에 보물을 두고 지키는 "늙은 왕"의 운명도 마찬가지다. 그의 전사들(1937년과 1962년 판에서는 앵글로색슨 시대 잉글랜드에서 군 복무에 대한 대가로 땅을 하사받은 이들인 '종사들thanes')의 칼은, 왕의 '텅 빈' 궁전과 차가운 '침실bowers'(숙소)을 지키려는 병사가 혹시 남아 있더라도, 무뎌지고 녹슬었다.

마지막 일화의 아이러니는, 톰 시피가 언급했듯이, 그 보물이 "어두운 땅속 비밀 보물 창고에" 보관되어 있고 늙은 왕이 죽을 때 "누구도 열 수 없는 문 뒤에"(1937, 1962) 잊히고 말았다는 점이다. 「Iúmonna Gold Galdre Bewunden」의 초고에서 보물 창고는 누구의 주시도 받지 못한 채 초록 언덕 아래 숨어 있고 "누구의 눈도/그 비밀을 찾아내지 못할 거라네,/그 보물을 만든 자들이 돌아올 때까지". 1923년의 시는 그 시기를 "요정나라의 빛이 다시 타오르고", 즉 황금시대의 귀환으로 내다보는 반면 나중에 나온 시들은 무한한 상실을 예고한다. "신들이 기다리고 요정들이 잠자는 동안/그 옛 비밀을 땅이 지킬 거라네"(1937)는 "그 옛 보물을 밤이 지킬 거라네,/땅이 기다리고 요정들이 잠자는 동안."(1962)으로 수정되었다.

뱃가죽에 "보석들이 두껍게 박혀 있고" 1937년과 1962년의 시에서 "가장 작은 반지도 어디 있는지 알고 있었네/검은 날개에 덮인 어둑한 곳에서"라고 묘사되는 용은 『호빗』(1937년에 초판 발행)의 "멋진 다이아몬드 조끼를 입고" 있는 스마우그의 가까운 사촌이고, 또한 3백 년간 자기 보물을 깔고 앉아 있는 『베오울프』의 용과 친척이다. 『호빗』의 12장에서 빌보는 스마우그의 굴에 들어가 잔을 훔친다. 방대한 보물 더미의 아주 작은 것에 불과하지만 스마우그는 즉시 그 잔이 없어졌다는 것을 알아차린다. "용들은 보물을 쓸 일이 별로 없더라도 오래 소유하고 난 뒤에는 아주 작은 것까지도 잘 안다. 스마우그도 예외는 아니었다"라고 톨킨은 설명한다. 이 시들의 용은 『호빗』에서 "몹시 불쾌하게도, 체구는 보잘것없지만 무자비한 칼과 대단한 용기를 가진 전사가 등장하는" 스마우그의 "뒤숭숭한 꿈"에서도 연상된다.

『봄바딜』 서문에서 톨킨은 이제 호빗들의 붉은책에 쓰여 있다고 여겨진 「보물 창고」에 대해 그 시가 "깊은골에 알려진 요정과 누메노르의 전승에 기반하고 제1시대 말의 영웅적 시대와 관련되어 있다. 이 시는 투린과 난쟁이 밈에 관한 누메노르 이야기의 메아리를 담고 있는 듯하다"라고 썼다. 깊은골은 『호빗』과 『반지의 제왕』에서 요정의 성채이고, 『반지의 제왕』 프롤로그에서는 호빗 역사가들에게 중요한 정보의 원천이었다고 언급된다. 누메노르는 암흑의 군주 모르고스가 몰락한 후에 인간들이 세운 섬 왕국이다. 제2시대 말에 누메노르인들은 가운데땅에 와서 아르노르와 곤도르 왕국을 세웠다. '투린'(투린 투람바르)은 제1시대의 가장 위대한 전사에 속한 인간으로 (1950년대에 전개된) '실마릴리온'에서 작은난쟁이 밈의 목숨을 구해 준다. 밈은 또한 그 이전 이야기들의 신화에 나르고스론드 요새에 있는 용의 보물과 관련되어 (이때는 투린과 관련이 없지만) 등장한다. 「퀜타 놀도린와」(1930년경)에서 밈은 "거기 앉아 기뻐하며 금과 보석을 양손으로 더듬고 쓸어 보면서 여러 가지 주문을 걸어 보물을 자신에게 엮었다."(『가운데땅의 형성』, 1986년, 132쪽) 『봄바딜』 서문에서 톨킨은 밈을 처음 공개적으로 언급했는데, 그 인물의 이야기는 15년 후인 1977년에 『실마릴리온』이 출간될 때까지 어떤 형태로도 나온 적이 없었다.

또한 톨킨은 에일린 엘가 부인에게 보낸 1964년 3월 5일자 편지에서 「보물 창고」와 '실마릴리온'의 관련성을 언급했고, 마치 그 신화의 축도인 듯이 그 시에 대해 논했다. 1연의 '신들'은 일루바타르(유일신)를 도와서 노래를 불러 은과 금을 포함한 온갖 질료의 세계를 만들어 낸 조물주의 권능(아이누들)이며, 난쟁이들은 비록 악과 결탁하지는 않았지만 물건을 만드는 일에 대한 사랑에서 맹렬한 소유욕으로 넘어가기 쉬운 성향이 있다고 설명했다. 그러므로 「보물 창고」(그리고 1937년에 쓴 이전 원고)에서 다른 신화적

요소를 찾아볼 수 있는데 가령 '요정의 고향Elvenhome' 같
은 지명은 톨킨의 허구 세계에서 대체로 머나먼 서녘에 있
는 요정들의 집 엘다마르를 가리키지만 여기서는 보다 광
범위하게 요정들이 살고 있는 땅이나 요정 종족 자체를 뜻
한다. (특히 도리아스의 요정 왕국과 그 몰락을 생각할 수 있다.
『실마릴리온』22장을 보라.) 한편 '지옥'은 신화의 초고들에
서 그렇듯이 지하 감옥이자 요새인 앙반드를 가리킬 수 있
다. '실마릴리온'과 마찬가지로 이 시에서 요정은 여러 종
족들 가운데 처음으로, "난쟁이가 태어나"기 전에 창조되
었다.

　하지만 1937년에 '실마릴리온'에서는 그해 《옥스퍼드
매거진》에 발표된 시(1962년으로 넘어온)에서와 달리 아이
누들의 중요한 과업이 달과 해가 창조되기 오래**전에** 일어
났다. 또한 "달이 갓 태어나고 해가 어렸을 때"라는 구절
은 이야기를 시작하는 전통적인 방식으로 "옛날 옛적에, 오
래전에"와 매우 유사하다는 점을 지적해야 한다. 이 표현
이 더 오래전의 구상을 언급하든 그렇지 않든 간에 말이다.
1923년의 「Iúmonna Gold Galdre Bewunden」은 '신들'
에 대한 언급이 전혀 없지만 '실마릴리온'을 연상시키는 것

들이 포함되어 있다. 가령 요정들은 **"거친**rude[원시적인]
지하에서 난쟁이들이 수두룩이 태어나기 전에" 초록 언덕
아래에서 (요정의 고향Elvenhome에 대응하는 예전 단어 요정나
라Elfinesse에서) 노래를 불렀다. 신화는 언제나 톨킨의 사고
를 "지배하는 구성물"(『편지들』, 257번 편지)이었으므로 초
기의 시 창작에 영향을 미쳤으리라고 생각할 수 있지만 꼭
그래야 했던 것은 아니다. 혹시 영감을 얻기 위해 필요했다
면, 비축된 보물을 다룬 문학 작품은 1923년 이전에 많이
있었다. 그리고 탐욕과 권력의 주제는 톨킨의 작품에서 면
면히 이어졌고, 무엇보다도 『호빗』에서 "용의 고질병"으로,
『반지의 제왕』에서 압도적인 반지로, '실마릴리온'에서 페
아노르와 실마릴의 이야기로 이어진다.

1961년 12월 6일에 톨킨은 폴린 베인스에게 「보물 창
고」를 "가벼운" 이야기가 아니라 보물을 "연이어 승계한
(이름 없는) 자들"의 비탄의 이야기이고 "각각에 대한 연민"
이 깊이 일어나지 않는 "고대의 태피스트리"로 삽화에서
다루어야 한다고 편지를 보냈다. 『봄바딜』 시집에서 「보물
창고」를 가장 좋아하는 시로 꼽은 베인스에게 답장을 보내
면서 톨킨은 "대단히 흥미롭군요. […] 그것은 옛 잉글랜드

시와 유사한 방식으로 쓰였기 때문에 [시들 가운데] 가장 유동적이지 못하니까요"(『편지들』, 235번 편지)라고 말했다. 즉, 이 시는 앵글로색슨 방식으로 각 행의 중간에 중간 휴지caesura 혹은 멈춤 휴지가 있다.

톨킨은 『봄바딜』 시집에 실릴 베인스의 삽화를 「보물 창고」의 전면 삽화를 제외하고 모두 긍정적으로 평가했다. 레이너 언윈에게 보낸 편지에서 그는 "[그 삽화는] 지렁이 [용]를 탁월하게 그렸지만 젊은 전사에서 무참하게 실패했네. 이 시는 고풍스러운 영웅적 주제를 다루는데 […] 투구와 방패도 없는 그 젊은이는 중세 후기의 철갑 같은 것을 다리에 두른 튜더 시대의 시종처럼 보이네. 그림을 그리는데 어려움이 있다는 것은 알고 있네. 하지만 아무리 노쇠한 용이라도 머리를 입구에서 돌려 다른 곳을 보며 누워 있지는 않을 걸세"(1962년 8월 29일, A&U 문서; 『연대기』, 596쪽)라고 썼다. 톨킨의 우려에도 불구하고 그 삽화는 출간되었고 계속해서 다시 인쇄되었다. 하지만 베인스는 톨킨의 비평을 염두에 두고 톨킨의 모음집 『시와 이야기』(1980)에 들어갈 그림(이 책의 엮은이 서문에 수록)을 수정했고, "젊은 전사"와 용뿐 아니라 1962년 책에서 명확하지 않았던 보물을 더 낮게 표현했다.

「Iúmonna Gold Galdre Bewunden」의 1923년과 1937년 원고는 『베오울프와 비평가』(2002, 개정판 2011)에 실렸고, 편집자 마이클 D.C. 드라우트는 번갈아 두 편을 싣고 분석했다. 톨킨은 1930년대 초에 옥스퍼드대학교에서 『베오울프』에 대해 강연하면서 '기분 전환' 삼아 이 시를 포함했다. 1936년 영국 아카데미 강연에서는 이전 강연인 「베오울프와 비평가」를 수정하고 이 시를 제외해서 「베오울프: 괴물과 비평가」를 강의했다.

바다의 종

「바다의 종」은 톨킨이 1932년이나 1933년경에 쓰고 1934년 1월 18일 《옥스퍼드 매거진》에 발표한 시 「기인 Looney」을 수정하고 확장한 시이다.

"어디에 갔다 왔소? 무엇을 보았소?
　누더기를 걸치고 거리를 걸으며."

"추운 바닷가에 나를 맞을 사람
　하나 없는 땅에서 왔소.

물에 떠 있는 텅 빈 배에 올랐소.
　거기 앉았더니 재빨리 미끄러지듯 나아갔지.

298

돛도 없이 쾌속으로, 노도 없이 득달같이,
　　돌 깔린 해안이 희미해졌소.

그 배는 나를 실어 갔다오, 포말에 젖어,
　　안개에 싸여, 다른 땅으로.
별들이 명멸하고, 해안은 아른아른 빛나고,
　　포말에 달빛이 빛나고, 모래는 은빛으로 빛났지.
나는 뼈보다 더 하얀 돌을 모았소,
　　진주와 수정, 반짝이는 조가비를.
그림자들이 펄럭이는 풀밭에 올라갔소,
　　떨리는 종이 달린 꽃을 모았고
이파리와 풀을 모아 다발로 묶었지.
　　초록 보석 색깔의 옷을 입고
내 몸은 자주색과 금색에 감싸이고
　　내 눈에 별이 박히고 달빛이 비쳤다오.

밤새 골짝 아래로
　　많은 노랫소리가 들렸지. 온갖 것들이
사방으로 뛰어다녔소. 눈처럼 흰 산토끼,

굴에서 나온 들쥐, 호롱 눈이 달린
나방이 날갯짓하고, 놀란 오소리는
　가만히 검은 문밖을 응시했지.
저기서 춤추었소, 공중에서 날개들이,
　초록 풀밭 위를 빠르게 움직이는 발소리.

검은 구름이 나왔소. 나는 크게 소리쳤지.
　앞으로 나아갔어도 아무 대답도 없었소.
세찬 바람에 내 귀는 먹먹해지고.
　머리칼이 날리고 등은 굽었지.
나는 숲속을 걸었소. 고요한 숲,
　이파리 하나 없이 헐벗은 가지들.
오락가락하는 정신으로 거기 앉았지,
　올빼미들이 자기들의 텅 빈 집으로 갔소.

나는 일 년 하고 하루를 멀리 여행했소,
　그림자에 덮여, 발아래 돌을 밟으며—
언덕 아래로, 언덕 너머로,
　바람이 휘파람 불며 황야를 휩쓸어 갔소.

새들이 날면서 끊임없이 소리쳤지.

　잿빛 동굴에서 목소리를 들었소,

저 아래 바닷가에서 올라오는. 물은 얼어붙고

　긴 파도 위에 안개가 깔려 있었지.

거기 배가 있었소, 아직 물에 떠서

　물결에 빙빙 돌고, 물 위에서 까닥거리며.

나는 그 안에 앉았소. 배는 신속히 유영하며

　파도를 오르고, 바다를 건너,

갈매기들이 떼 지어 몰려든 낡은 선체들과

　환히 빛나는 커다란 배들을 지나,

까마귀처럼 검고, 올빼미처럼 고요하게

　깊은 밤에 잠긴 항구에 갔다오.

집들은 덧문을 내렸고, 바람은 집들 사이를 돌며 웅얼거리고,

　길은 텅 비어 있었소. 나는 문 옆에 앉았지,

후두두 떨어지는 빗속에 내 수확물을 세었소.

　내가 가져온 것은 그저 시들어 가는 나뭇잎과 조약돌뿐.

기진맥진 거리를 걷고 있을 때

　멀리서 메아리치는 주문을 아직도
　들려주는 조가비 하나뿐. 나는 내게 말해야 하오,
　　그들은 거의 말하지 않으니, 내가 마주친 사람들은."

「기인」의 대화는 콜리지의 「늙은 선원의 노래」에 나오는 대화를 연상시키지만, 콜리지의 "잿빛 수염이 달린 부랑자"는 결혼식의 하객에게 억지로 자기 이야기를 듣게 하는 반면에 「기인」의 부랑자는 "어디에 갔다 왔소? 무엇을 보았소?"라는 질문을 받은 후에야 이야기를 한다. 여기에는 두 화자가 있고 사람들은 방랑자에게 "거의" 말을 하지 않는다. 「바다의 종」에는 화자가 하나뿐인데, 방랑자가 만나는 사람들은 "말이 없으니까." 또한 「바다의 종」에서는 방랑자가 보이지 않는 주민들에게 "모두 앞으로 나오라"라고 "당당하게" 명령한 후에 검은 구름이 그에게 내려앉는 반면, 「기인」에서는 검은 구름이 나타난 다음에 "크게 소리쳤지." 두 시는 '바다의 종'과 관련해서도 다르다. 「기인」에서 방랑자는 "주문을 아직도 들려주는 조가비 하나"를 가지고 돌아오지만, 나중에 쓴 시에서는 여행을 시작하기 전에 조가비를 발견하고 소환이나 초대처럼 "끝없는 바다 너머에서 울리는/부름"을 듣는다.

두 시 모두 "일 년과 하루" 동안 다른 세계를 찾아간 사건을 묘사하지만 나중에 쓴 작품에만 '요정적인' 요소가 포함되어 있고 그 먼 땅에 사는 사람들은 언제나 손에 닿지 않는다. 『가운데땅으로 가는 길』에서 톰 시피는 「기인」에서 어두워지기 전에 두 연에 묘사된 신비로운 땅은 낙원의 환영이라고 지적한다. 하지만 「바다의 종」에서는 즉시 위협적인 이미지—포효하며 부서지는 파도, "위험한 암초", "절벽", "어둑한 굴들"—가 나타나고 그런 분위기가 지속된다. 톨킨이 요정이야기의 영역에 대해 말하면서 썼듯이, "요정나라Faërie'는 위험천만한 곳으로, 그 안에는 부주의한 이들이 빠지는 함정이 있고 무모한 이들이 갇히는 지하 감옥도 있다. […] 그 세계의 풍요로움과 낯섦 때문에 말문이 막히게 된다. 그 세계에 들어가 있는 동안은 너무 많은 질문을 하는 것도 위험하다. 자칫 문이 닫히고 열쇠를 잃어버릴 수도 있기 때문이다."(『괴물과 비평가 그리고 다른 에세이들』의 「요정이야기에 관하여」, 109쪽, 아르테 『나무와 이파리』 19~20쪽)

여러 비평가들이 지적했듯이, 「기인」과 「바다의 종」의 화자가 처한 상황은 요정이야기에서 흔히 나타나는 것으로, 요정나라를 여행하고 자신이 달라졌음을 알게 되는 자의 상황이다. 두 시에서 여행자는 기진맥진한 채 돌아오는데, 「바다의 종」의 화자는 세월의 무게에 짓눌려 몸이 굽고 잿빛으로 변해서 돌아온다. 또한 요정나라에서 무언가를 가져오려는 (또는 요정의 금을 받은) 자들은 남은 것이 거의 없거나 전혀 없다는 것을 알게 되는 전통적인 요정이야기와 마찬가지로 「기인」의 화자는 자신의 '수확물'이 "시들어 가는 나뭇잎과 조약돌" 그리고 "조가비 하나"뿐이라고 열거하지만, 적어도 그 종은 여전히 "멀리서 메아리"친다. 「바다의 종」에서 여행자는 "낯선 땅"에서 권력—왕의 홀과 칼을 상징하는 "긴 지팡이 그리고 금색 깃발"—을 요구하지만 그의 "움켜쥔 손"에는 "모래알 몇 개, 고요히 죽어 있는 조가비"만 남아 있다. 배에 실려 가기를 조급하게 바라고 주제넘게 왕권을 주장한 그에게는 요정나라의 아득한 메아리도 허용되지 않는다. "내 귀는 다시 그 종소리를 듣지 못할 거라네,/내 발은 그 해안을 밟지 못할 거라네./다시는".

『봄바딜』의 서문에서 톨킨은 「바다의 종」이 "호빗들에게서 유래했음이 분명한"시라고 설명하고, 가운데땅의 시간 대에서 후기에 나온 작품이며 '프로도의 꿈Frodos Dreme'이 라는 제목이 그 (허구적) 원고의 서두에 써 있다고 말한다. "이는 놀라운 일이다. 프로도가 이 시를 지었을 가능성은 거의 없지만, 그 제목으로 보아 이 시는 프로도의 마지막 3년 동안 3월과 10월에 그를 엄습한 어둡고 절망적인 꿈 과 관련되어 있다."『반지의 제왕』제6권 9장과 부록 B에 서 프로도는 쉴로브의 독에 마비되었던 3월 13일과 바람 마루에서 부상을 입었던 10월 6일이 돌아오면 앓아누웠다 고 한다. 톨킨은 이어서 "'방랑벽'에 사로잡힌 호빗들과 관 련된 다른 전승이 있었다"라고 말하는데 이 방랑벽은 『호 빗』1장에서 처음 언급된 ("그 많은 젊은이들이 미친 듯이 모 험을 찾아 아득히 먼 곳으로 떠나게 했던") 드문 상태였고, "그 들은 혹시 방랑에서 돌아오더라도 이후에 대화를 나눌 수 없는 기묘한 인물이 되어 있었다."

톨킨은 또한 서문에서 "바다에 관한 생각"이 "호빗들의 상상을 떠나지 않았다"라고 말한다. 톨킨 자신의 상상도 그 러했으므로 그의 많은 작품에서 배와 갈매기, 절벽과 동굴, 바람과 파도가 중요한 부분을 차지한다. 「바다의 종」의 "반

짝이는 모래 [···]/진주 먼지와 보석 가루"는 '실마릴리온'
에서 묘사된 요정들과 천사적 권능의 "축복받은 땅" 발리
노르를 연상시킨다. "놀도르는 [텔레리에게] 오팔과 다이
아몬드, 흐릿한 수정 같은 많은 보석을 주었고, 그들은 그
것을 해안에 흩뿌리고 연못에 뿌렸다. 당시 엘렌데의 해안
은 경이로웠다."(『모르고스의 반지』, 1993년, 43쪽) 『반지의
제왕』에서 에아렌딜의 노래(제2권 1장. 「방랑」의 주를 보라),
"은빛 샘이 고요히 흘러내리는/영원한저녁의 나라, 높은
언덕"은 발리노르를 가리키고, 화자가 "영원한 저녁의 아
름다운 땅으로" "샘의 계단"을 오르는 「바다의 종」에서 메
아리친다.

폴린 베인스에게 보낸 편지에서 톨킨은 「바다의 종」이
『봄바딜』 시집을 위해 선정한 시 중에서 "가장 보잘것없
다"라고 말했고(1961년 12월 6일, 『편지들』, 235번 편지) 레
이너 언윈에게 보낸 답장에서 그가 보낸 시들 중에 "더 모
호하고 주관적이며 가장 성공적이지 못한 시"(1961년 12월
8일, A&U 문서, 『독자 길잡이』, 26쪽)라고 묘사했다. 그가
왜 그렇게 생각했는지는 알 수 없다. 시간이 지나 이 시는
W.H. 오든의 찬사를 받았고, 『봄바딜』의 다른 시들에 비

해 많은 연구의 주제가 됐으며, 특히 벌린 플리거는 누구
보다도 포괄적으로 연구했다. 플리거는 특히 「바다의 종」
(그리고 「기인」)과 톨킨이 1920년대에 쓴 고대 영시 「Ides
Ælfscýne」의 유사성을 찾아냈다. 이 시에서는 어느 소년이
대양을 건너 "어둑하고 음울한 파도에 실려 […] 멀리 떨어
진 땅의 은빛 해안"에 이른다. 마침내 고향에 돌아올 때 그
는 "머리칼이 잿빛으로 센 외로운"(톰 시피의 번역, 『가운데
땅으로 가는 길』, 405쪽. 「그림자 신부」에 관한 주를 보라) 존재
가 되었다. 플리거는 또한 톨킨이 나중에 쓴 이야기 「큰 우
튼의 대장장이」(1967)가 「바다의 종」에 대한 "일종의 중화
제"라고 논하며, "이 세계의 상황에 대한 새로워진 인식으
로 [요정나라의] 상실감을 부드럽게 상쇄하고 쓰라린 고통
을 누그러뜨린다"라고 말한다. 대장장이는 (그의 이야기에서
쓰인 철자대로) Faery(요정나라)를 빈번히 방문하다가 결국에
는 그곳을 떠나고 돌아갈 수 없게 되었지만 "가족과 친지
들에게서 위안을 얻는다." 「바다의 종」의 여행자와 마찬가
지로 대장장이는 "이 별세계가 자신을 위한 곳이 아니라는
것을 알게 되지만 항해자와 달리" 망설임은 있었으나 자유
의지로 그곳을 포기한다. 마지못해 포기하기는 하지만 그

는 "자신이 다녀온 곳과 보아 온 것에 의해 고립된 것이 아니라 풍부해진"(『시간의 물음: J.R.R. 톨킨의 요정나라로 가는 길』, 1997년, 229쪽) 것이다.

「기인」에서 'moonsheen(달빛)'은 moonshine이 변형된 형태이고, frore(얼어붙은)는 freeze의 고어의 과거 분사 형태이다. 「바다의 종」에서 'ruel-bone(어금니)'은 고래-엄니를 뜻하는 폐어이고, 'rill(실개천)'은 실개천, 'nenuphars(수련)'는 수련을 뜻한다. 'gladdon-swords(붓꽃 칼)'는 창포이고 flag로도 알려져 있으며 칼 모양의 이파리가 달려 있어서, 화자가 말한 "금색 깃발flag of gold"은 노란색 창포 또는 붓꽃을 뜻한다. 'brocks(오소리)'는 오소리badgers이고, 'sea-wrack(해초)'은 해안가에서 자라는 해초를 가리킨다.

마지막 배

「마지막 배」의 전신은 《성심 수녀원 연대기》 제4권(1934)
에 발표된 「피리엘」이다.

> 피리엘은 세 시에 밖을 내다보았네.
>> 회색 밤이 지나고 있었지.
> 멀리서 황금 수탉이
>> 맑고 날카로운 소리로 울고 있었지.
> 나무들은 어둡고, 빛은 흐릿하고,
>> 깨어나는 새들은 짹짹거리고,
> 차갑고 약한 바람이 일어,
>> 어둑한 이파리들 사이로 살며시 불어 갔지.

창가의 어슴푸레한 빛이 커지는 걸,
　긴 빛이 땅과 이파리에 가물거릴 때까지,
그녀는 지켜보았네. 풀 위에서는
　회색 이슬이 희미하게 빛났지.
그녀의 흰 발은 살금살금 바닥을 스쳤고
　경쾌하게 계단을 내려갔지.
풀밭을 가로질러 춤추며 나아갔지,
　온통 이슬에 젖은 채.

긴 옷 자락에 보석이 달린 채,
　강으로 달려 내려가
버드나무 줄기에 기대
　떨리는 강물을 바라보았지.
물총새 한 마리가 떨어지는 돌멩이처럼
　푸른 섬광에 뛰어들었고,
구부러진 갈대들이 살며시 바람에 나부끼고,
　백합 잎들이 뻗어 나가고 있었지.

갑자기 음악이 들려왔어,

아침의 불꽃 속에서 풀린 머리카락이
어깨에 흘러내린 채 그녀가 발한 미광과 함께 서 있을 때.
　피리 소리, 하프 뜯는 소리,
예리하고 앳된 바람 소리처럼
　흔들리는 초록 나뭇잎 속에서
　노랫소리가 울려 퍼졌지.

황금 이물과 노, 하얀 선재로 만든
　배 한 척이 미끄러져 왔네.
백조들이 그 앞에서 헤엄치며
　재빨리 항로를 안내했지.
요정의 땅에 사는 아름다운 이들이
　흰 옷차림으로 노를 젓고 있었네.
반짝이며 흐르는 머리칼에 왕관을 쓴
　세 명이 서 있는 것을 그녀는 보았지.

그들은 노래를 불렀고, 음유시인들이
　하프와 피리를 느리게 연주했네.
성스러운 산 아래

초록 풀밭의 빈터에서 들리는 바다 소리처럼.
뱃머리를 돌려 배가 다가왔지.
　요정들의 보물을 싣고,
"피리엘! 배에 올라타요!" 그들이 소리쳤지.
　"오 아름다운 땅의 처녀여!"

"어디로 가나요, 요정들이여,
　물을 따라 미끄러지며?
초록 숲에 숨어 있는
　너도밤나무와 참나무 아래 어둑한 곳으로?
해안에 포말이 떨어지고
　흰 갈매기들이 울어대는 곳으로?
강인한 백조들이 날아다니는
　잿빛으로 얼어붙은 북쪽 섬으로?"

"아니! 계속 나아가 저 멀리
　참나무와 느릅나무, 버드나무를 지나
서쪽 잿빛 항구를 떠나,
　푸른 놀을 헤치고 나아가

요정의 고향으로 돌아갑니다.

　　세상의 깊은 샘의

거품 이는 바깥 바다에 발을 내민

　　마지막 산맥 너머로.

요정의 고향 흰 탑에서

　　맑은 종이 흔들립니다.

숲과 물에 작별을 고하고

　　긴 여행을 떠나세요!

여기 풀은 시들고 나뭇잎은 떨어지고,

　　해와 달은 이울지요.

저쪽으로 여행길에 오르라는

　　먼 부름을 받는 자는 거의 없습니다."

강둑에 서서 피리엘은 바라보았지.

　　과감하게 한 발 내디뎠지만,

그때 그녀의 가슴이 의심을 품고 움츠러들었네.

　　그녀는 망설이며 응시했지.

둥근 해가 올라오면서

이슬은 마르고 있었지.
멀리서 외치는 그들의 목소리는
  하나씩 희미하게 사라졌네.

화려한 보석이 그녀의 옷에 달려 있지 않았지.
  강가에서 돌아와
지붕과 어두운 문 아래로,
  땅의 아름다운 딸.
여덟 시에 초록색과 흰색이 뒤섞인 옷을 입고
  긴 머리칼을 땋고,
경쾌하게 걸어갔지, 밤과
  흐릿해진 환영을 남겨 두고.

둥근 해는 올랐고
  세상은 분주하네,
안으로 밖으로 걷고 뛰고
  어지러운 개미탑처럼.
집 안에서 후닥닥
  발들이 오가네.

314

빗자루, 먼지떨이, 털어 낼 매트,
  양동이, 접시들이 달가닥거리지.

아침 식사가 식탁에 차려졌고
  명랑하고 요란한 목소리들
잼과 꿀, 마멀레이드,
  우유, 과일, 딸기가 있네.
사람들은 이런저런 얘기를 했지.
  농담, 일, 그리고 돈,
새 사냥과 참나무 베기,
  그리고 "저, 꿀을 건네줘!"

  톨킨은 1930년대 초에 「피리엘」을 썼고 로마가톨릭 수녀원 교단에서 발간한 저널에 보냈다. 그는 그들의 옥스퍼드 수녀원(1929년 설립)과 친밀하게 교류했고, 그의 딸 프리실라는 여름과 크리스마스에 그곳에서 열린 어린이 파티에 참석했으며 그녀의 아버지는 오락거리를 제공했다.
  Fíriel(피리엘)이라는 이름(1934년 시에는 강세 없이 인쇄됨)은 톨킨이 만든 "높은요정" 언어에서 "필사의 운명을 타

고난 여자"를 뜻하고 '실마릴리온' 신화에 여러 번 나온다.
『봄바딜』 서문에서 톨킨은 또한 "곤도르의 어느 공주의 이
름이었고, [『반지의 제왕』에서] 아라고른은 그녀를 통해서
남부의 혈통을 이어받았다고 주장했다"라면서 용례를 확
대한다. "[감지네] 샘의 딸 엘라노어의 딸의 이름이기도 하
다. 하지만 그녀의 이름이 시와 연결되었다면 이 시에서 따
왔음이 분명하다." 「달나라 사람이 너무 일찍 내려왔다네」
(위를 보라)와 함께 「마지막 배」는 "궁극적으로" "바다로 흘
러가는 강"에 친숙했던 "곤도르에서 유래한" 것으로 다만
"남부의 전승"을 다시 다룬 시이며, "빌보는 깊은골[요정들
의 은신처]을 통해서 그 전승을 알게 되었을 것이다."

　「피리엘」과 「마지막 배」는 많은 점에서 유사하다. 필
사의 존재인 여성(1934년 시의 익명의 삽화가는 그녀를 아이
로 묘사했다)이 새벽에 집을 나서고, '경쾌하게' 움직이는
twinkle(가볍게 재빨리 움직인다) 그녀의 발은 계단을 내려와
풀밭에서 춤을 춘다. 그녀는 일단의 요정들, "요정의 땅에
사는 아름다운 이fair folk"(요정을 뜻하는 전통적 용어)이 물가
를 지나 서쪽의 '항구havens'(부두)를 떠나는 것을 본다. 그
들은 그녀에게 함께 '요정의 고향'으로 항해하자고 초대한

다. 그녀는 과감하게 한 발을 내딛지만 더 이상 가지 못하고 결국에 가족과 노동이 기다리는 집으로 돌아온다. 「피리엘」에서 요정들은 "아름다운 땅의 처녀"에게 배에 타라고 소리칠 뿐이지만 「마지막 배」에서는 더욱 절박하게 간청한다. 그들은 '요정의 고향'으로 돌아오라는 "먼 부름"을 받았다. 그녀도 그 소리를 듣지 않는가? 그들의 배에는 한 명만 더 탈 수 있다. 피리엘의 "나날은 빨리 흘러가"고 있다. 즉, 죽음에 이르기까지 남은 날들이 신속히 사라지고 있다—그리고 "요정처럼 아름다운 땅의 처녀"에게 그것은 "마지막 부름"이고, 더는 요정의 배가 지나가지 않을 것이다.

「피리엘」에서 결정적인 순간에 "그녀의 가슴이 의심을 품고 움츠러들었네./그녀는 망설이며 응시했지." 마침내 배는 지나가고 요정들의 목소리는 멀리서 사라진다. 그녀는 유혹에 이끌리지 않았다. 대조적으로 「마지막 배」에서 피리엘의 발은 "진흙에 푹 빠져" 들어간다. 죽어야 하는 운명을 기억하고 그녀는 자신의 운명을 받아들인다. 그녀는 "요정처럼 아름"답지만 "땅의 딸로 태어났으므로" 불멸의 요정들과 함께 '갈 수 없'다. 「피리엘」에서 그녀는 물가에서 발을 돌리고 "밤과/흐릿해진 환영을 남겨 두고" 분주한

집안 생활을 택한다. "빗자루, 먼지떨이, 털어 낼 매트,/양
동이, 접시들이 달가닥거리지." 그러나 대단원은 "명랑하고
요란한 목소리들"과 "저, 꿀을 건네줘!"로 유쾌하게 막을
내린다. 반면에 「마지막 배」는 황갈색 (이전 원고에서는 녹색
과 흰색) 일옷을 입은 피리엘이 "집들의 그림자" 밑에 서 있
고 햇빛과 요정들의 노래가 '사라'진 가운데 깊은 슬픔이
감도는 분위기로 끝난다.

  긴 옷 자락에 매달린 '보석'은 분명 이슬로 보아야 한다.
얼마 후 "화려한 보석이 그녀의 옷에 달려 있지 않았지"—
이슬이 증발한 것이다(1934년 시에서는 둥근 해가 올라오면
서 "이슬이 마르고 있었지."). 하지만 그것은 피리엘이 "지붕
과 어두운 문 아래로" 돌아온 것과 대조되는 새 아침의 기
대를 상징할 수도 있다. 어떻든 그것은 톨킨이 다른 세계의
"황금빛 이물[뱃머리의 튀어나온 부분]과 노, 하얀 선재로
만든/배"를 도입하기 전에 죽을 운명을 타고난 인간들의
세계로 설정한 자연의 일부 이미지이다. "앞에서 헤엄치"
는 백조들은 '실마릴리온'에서 텔레리의 배를 인도하는 백
조를 연상시킨다.

  '요정의 땅Elvenland'에 관한 서문의 주에서 톨킨은 "긴해

안과 돌 암로스[둘 다 곤도르의 남부 지역에 있다]에는 옛 요정들의 거주지와 모르손드 하구의 항구에 대한 전승이 많이 전해져 내려왔고, 거슬러 올라가 제2시대 에레기온이 멸망했을 때도 그 항구에서는 '서녘으로 향한 배들'이 항해했다"라고 썼다. (또한 『반지의 제왕』 제1권 2장에서 샘이 중얼거리는 말, "그들은 바다를 건너, 건너, 우릴 남겨 두고 서녘으로 떠난다네"와 비교하라.) 이 시에서 '요정의 땅'은 요정들의 목적지인 '요정의 고향Elvenhome'과 대조된다. 톨킨의 신화에서 요정나라는 대체로 세계의 극서에 있는 아만의 땅(가운데땅의 요정의 땅과 대조되는)을 가리키고 후기의 이야기에서 그곳은 인간의 출입이 금지되었다. 「피리엘」에서 요정의 고향은 "세상의 깊은 샘의/거품 이는 바깥 바다에 발을 내민/마지막 산맥" 너머에서 찾을 수 있고, 이 묘사는 아만의 산맥 펠로리의 산벽 뒤에 발리노르가 있는 톨킨의 신화를 강렬하게 떠오르게 한다. 「마지막 배」에서 요정들은 과감하게 '그늘의 바다'를 건너는 '마지막 여행길'—그 바닷길은 "그림자와 미혹으로 뒤덮였다"(『실마릴리온』 175쪽)—에 올라 "백색성수가 자라는 곳," 아마도 (신화에서) 티리온의 백색성수 갈라실리온이 자라는 곳이자 "포말에 별빛이 비치는 곳"으로 돌아간다. 이는 천상의 항해가 에아렌딜에 대한 언급으로 추정된다. 이 두 시에서 요정들은 하얗거나 높은 탑에서 울리는 "맑은 종", 곧 그들에게 여행을 명하는 부름을 듣는다. '실마릴리온'에는 하얀 (또는 은색) 탑들이 나오는데 그 중에 은빛 등불이 있는 잉궤의 높은 탑과 분리의 바다 언저리의 엘윙의 백색탑이 있다.

「피리엘」에서 피리엘은 선원들을 분명히 '요정들'로 일컫는 반면에 『마지막 배』에서 그들은 "아름다운 사공들"로 묘사된다. 하지만 톨킨은 의미의 차이를 의도하지 않았을 것이다. 그들에게 질문하면서 피리엘이 묘사하는 목적지는 초록 (또는 거대한) 숲에 "숨어 있는" "어둑한" "너도밤나무와 참나무 아래" 또는 "은밀한 거처"에서부터 "잿빛으로 얼어붙은 북쪽 섬"과 "암석 해안"에 이르기까지 전반적으로 북구 신화와 전설의 풍경을 연상시킨다.

「마지막 배」에서 피리엘의 황갈색 '일옷'은 일할 때 옷을 보호하기 위해 위에 걸치는 겉옷이다. 마지막 연의 '일곱 강'은 서문에서 레브누이, 모르손드-키릴-링글로, 길라인-세르니, 안두인으로 밝혀졌다. 하이픈으로 연결된 강들은 바다에 이르기 전에 합쳐진다.

갤러리

다음은 J.R.R. 톨킨이 『반지의 제왕』의 텡과르로 발전시킨 '요정어' 문자의 초기 (1931년경) 형태를 보여 주는 세 가지 예이다. 서로 다른 서체로 되어 있지만 이 글들은 표기에 동일한 문자 값 체계를 사용한다. 앞의 두 글은 「톰 봄바딜의 모험」의 초기 원고를 발췌했고 세 번째는 「방랑」을 발췌한 것이며, 각각 발표된 시와는 조금 다르다. 이 사본들은 처음에 『실마릴리온 달력 1978』에, 나중에 『J.R.R. 톨킨의 그림들』(1979)에 실렸다. 더 나아가 톨킨의 『퀘냐 문자 The Qenya Alphabet』(2012)을 보라.

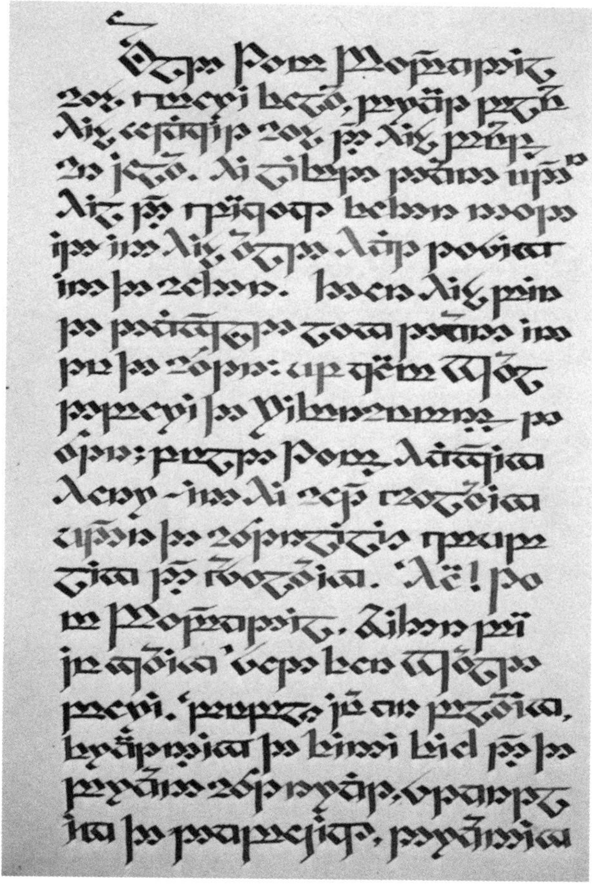

부록

뒷면에 실린 삽화는 폴린 베인스가
톨킨의 『시와 이야기』(1981)를 위해 그린 버드나무 영감이다.
이 시집에 실린 톰 봄바딜의 다른 삽화는 이 책의 끝에 나온다.

I.「톰 봄바딜」: 미완성 산문

옥스퍼드의 보들리언 도서관에 소장된 톨킨 문서에 1920년대에 작성되었을「톰 봄바딜」이라는 제목의 미완성 이야기가 포함되어 있고, 험프리 카펜터의 『전기』에 일부 실려 있다. 안타깝게도 톨킨은 세 문단을 쓴 후에 중단했는데, 어쩌면 원고가 단지 전해지지 못한 것일 수도 있다.

그 사건은 본헤디그Bonhedig 왕의 시절에 일어났다. 야생인들이 온드Ond에서 이쪽으로 오기 전이었고, 검은 사람들이 유스카디Euskadi에서 오기 전, 또는 금발 전사들이 긴 쇠칼을 들고 좁은 물을 가로지르기 전이었다. 실은 환상적인 역사에서나 또는 있는 그대로의 전설에서 언급된 적이 있는 어느 누구든지 브리튼(당시에는 그렇게 불렸다)에 나타나기 전이었다. 아주 오래전이었고, 가장 멀리 내다보는 수많은 예언이라도 믿기 어려운 먼 미래에 등장할 아서를 흘긋 보기도 전이었다.

그럼에도 불구하고 여기에 이미 많은 일들이 일어났고, 이 섬은 여러 종족들과 서식 동물들로 가득 차 있었고 이미 침략을 많이 당했으며 이름을 제외하고는 (이후에 그랬듯이) 모든 것이 여러 차례 뒤바뀌었다. 본헤디 그 왕은 본Bon [추가됨: 그리고 배록Barroc] 왕국의 왕좌에 올랐고, 그 왕국은 템스강Tames이라 불린 남부의 큰 강 양쪽으로 멀리 뻗어나갔다. 이 왕에 대해서는 연대를 추정하기 위한 편리한 방편으로 관심을 두었을 뿐이므로 이 정도로만 언급하겠다. 그는 단 50년간 통치했으니 이 사건들을 그의 즉위 기간 내 어디에다 설정하더라도 그리 빗나가지 않을 것이다.

톰봄바딜[원문 그대로임]은 그 왕국에서 살아온 최고 령자 [중] 한 명의 이름이었다. 하지만 그는 건강하고 원기 왕성했다. 장화를 신고 120센티미터의 키에 옆으로 90센티미터 벌어진 몸이었다. 그의 수염은 무릎 아래로 늘어졌고 눈은 예리하게 반짝였고 목소리는 깊으면서 듣기 좋았다. 푸른 깃털이 달린 높은 모자를 썼고, 외투는 푸른색, 장화는 노란색이었다.

Bonhedig(Bonheddig)는 '귀족'을 뜻하는 웨일스어이다. Ond는 '돌'을 뜻하는 고대어인데, 켈트족과 게르만족의 브리튼 침략 이전에 있었던 언어에서 거의 유일하게 남은 단어이다. 톨킨은 곤도르Gondor('돌-땅') 같은 '요정어' 단어에 그것을 포함했다. Euskadi는 스페인 북부의 바스크 지역이다. '좁은 물'은 영국 해협을 뜻할 것이다. Barroc이라는 명칭은—원고에 이 단어가 얼룩져 있어서 정확한 표기인지는 알 수 없지만—템스강(여기서는 'Tames'로 표기된)에 인접한 자치주 버크셔Berkshire의 근원적 요소라고 여겨지는, 다양한 철자로 표기되는 숲(혹은 언덕)을 가리킬 것이다.

II. 「옛날 옛적에」와 「타브로벨의 저녁」

『톰 봄바딜의 모험과 붉은책의 다른 시들』에 나오는 「톰 봄바딜의 모험」과 「봄바딜이 뱃놀이 가다」에 이어 톨킨은 금딸기와 톰 봄바딜이 등장하는 세 번째 시 「옛날 옛적에」를 캐롤라인 힐리어가 편집한 새로운 시와 단편소설 모음집 『아동을 위한 겨울 이야기 1』(1965)에 발표했다.

옛날 어느 낮에 오월의 들판에서
여름에 눈이 내려 꽃들이 흩뿌려졌지.
애기미나리아재비가 금빛 김을 내뿜으며
빛을 발했고, 널리 하얗게
초록 풀 하늘에서 지상의 별들이
벌어졌네. 올라가고 내려오는 태양을
한결같은 눈으로 지켜보면서.
거기 금딸기가 야생장미 화관을 쓰고
거기 금딸기가 덧옷을 입고

민들레 시계를 불어 날리며
백합 연못에서 몸을 숙이고
차가운 초록 물을 빙빙 돌리며
손 주위에 반짝이는 물을 바라보네,
옛날 옛적에 요정의 땅에서.

옛날 어느 밤 황혼의 빛 속에서
풀은 잿빛이지만 이슬은 하얗게 빛났지.
어두운 그림자가 깔리고 태양은 사라졌고
지상의 별은 닫혔지만 높은 곳의 별들이 빛났네.
하나에서 또 다른 하나로 눈을 반짝이고
달이 떠오르기를 기다렸지.
달이 올라와, 잎새와 풀잎에 닿은
흰 빛줄기는 반짝이는 유리로 변했고,
줄기와 잎자루에서 은이 떨어졌네,
린팁들이 이슬을 모으며
풀숲을 거니는 곳으로.
톰이 구두도 신발도 없이 거기 있었고
달빛이 그의 큰 갈색 발가락을 적셨지.

옛날 옛적에 그랬다고 하지.

옛날에 달에서 6월이 되기 직전에

이슬을 줍다가 린팁은 너무 빨리 갔다네.

톰은 멈추고 귀를 기울였지. 그러고는 무릎을 꿇었어.

"하! 작은 꼬마들! 내가 맡은 냄새가 너희였어?

몹시 고약한 쥐 냄새로군! 자, 이슬이 달콤하니

마시렴, 하지만 내 발을 주의하고!"

린팁들은 웃으며 살그머니 달아났지.

늙은 톰이 말했어. "머무르면 좋으련만!

저것들만이 내게 말을 하지 않아,

무엇을 하는지, 저것들이 무엇인지.

무엇을 숨기는지 궁금하군?

달에서 미끄러져 내려가거나

별들이 깜박일 때 돌아오겠지, 모르긴 몰라도."

옛날 옛적 아주 오래전에.

1964년에 아동 시문선 총서의 제1권에 기고해 달라는 요청을 받았을 때 톨킨은 시 세 편을 보냈고 그중 두 편이 발표되었는데 「옛날 옛적에」와 수정된 「용의 방문」(이 책의 엮은이 서문을 보라)이었다. 「옛날 옛적에」는 시문선에 기고하기 위해서 또는 그 얼마 전에 작성되었을 것이다. 톨킨의 서신에서 『봄바딜』 시집과 관련해서 이 시에 대한 언급이 전혀 없으므로 이 시는 적어도 1962년 이후에 쓴 듯하다.

또한 다른 이유들 때문에 「옛날 옛적에」는 톰 봄바딜에 관한 시 두 편과 확연히 다르다. 그 시들(그리고 『반지의 제왕』)에서 톰은 살아 있는 모든 생물들과 소통할 수 있지만 여기서는 린팁들만이 "내게 말을 하지 않"는다. 또한 톰과 금딸기가 등장하는 다른 시들과 달리 「옛날 옛적에」는 그들의 모험보다 자연 세계에 더 관심을 보이고, 낮에 피어 있는 다양한 꽃들이 밤에는 잎사귀와 풀에 맺힌 이슬의 고요한 아름다움으로 바뀐다. 끝으로 그의 이름은 '톰'으로만 나오지만 독자는 톨킨의 다른 작품들에서 유추하여, 특히 금딸기의 이름이 같은 작품에 언급되므로 톰 봄바딜로 알아보게 된다.

1연의 "여름의 눈"은 야생화 은방울 수선화를 가리킬 수도 있지만, 산사나무에서 떨어진 흰 꽃들이 쌓인 '눈'을 뜻할 가능성이 크다. 대체로 산사나무의 꽃은 개화하는 달의

이름을 붙여 May 또는 Mayblossom('May의 들판')이라고
도 불린다. "금빛 김"을 내뿜는 "애기미나리아재비"는 아
마도 미나리아재비과의 한 품종일 것이다. "초록 풀 하늘
에서"—즉, 하늘을 떠올리는 초록색 풍경에서—"지상의 별"
은 벌어질 때 별 같은 모양 때문에 흔히 earth-star라고 불
리는 목도시흙밤버섯과의 평범한 버섯 중 하나이다. 하지
만 크리스 스웽크는 『톨킨 연구』(2013)에서 톨킨이 의미한
것이 평범한 데이지가 아니었을까라는 의문을 제기한다.
데이지는 햇빛('낮의 눈day's eye')을 받아 피어나고 밤에 오
므리므로, 태양이 하늘의 별이듯이 데이지는 '지상의 별'이
라는 것이다. 금딸기의 덧옷lady's smock은 겉옷을 보호하기
위해 걸치는 옷일 수 있지만—톨킨은 다른 시에서 smock
을 이런 의미로 사용한다—그 단어는 야생화의 일종(황새냉
이—역자 주)을 뜻하기도 한다. 끝으로 '민들레 시계dandelion
clock'는 민들레의 씨앗을 불면서 입김을 부는 횟수가 시간
을 알려 준다고 여기며 세는 어린이의 놀이를 가리킨다.

2연에서 톨킨은 이슬이 달에 의해 생긴다는, 달빛이 "반
짝이는 유리로 변했고,/은이" 떨어져 생긴다는 민간 신앙
을 따른다. 여기서 그가 제시한 린팁lintips은 학자들의 많은

노력에도 불구하고 수수께끼로 남아 있다. 그것들은 "풀숲을 거닐" 정도로 작기 때문에 (더글라스 A. 앤더슨과 크리스 스웽크, 그리고 다른 평자들이 말했듯이) 일종의 쥐나 들쥐, 혹은 곤충일 수도 있다. 또한 야행성이라서 "황혼의 빛 속에서"(해 질 녘에) 밖으로 나온다. 로나 베어는 발표하지 않은 논문에서 린텁은 톨킨이 1924년에 쓴 시 「타브로벨의 저녁」(『리즈대학교 시 1914~1924』에 발표)의 작은 정령과 같다고 보았는데 이 가능성이 더 설득력 있어 보인다. 그 시는 「옛날 옛적에」와 유사한 점이 아주 많기 때문에 전자를 발전시킨 형태가 후자라고 볼 수 있다.

5월이 처음 6월을 바라볼 때,
아몬드 냄새를 풍기는 산사나무 꽃이 흩뿌려지고.
떨리는 낮이 마침내
태양의 황금 계단을 달려 내려갔고,
미나리아재비를 빛으로 그득 채운 햇빛
그녀가 흘린 선명하고 깨끗한 포도주처럼.
어슴푸레 빛나는 정령들이 저기서 춤추었지
포도주 잔의 빛을 홀짝이며.

이제 그들 모두 시들어 가네. 이제 달이 나오고.

이슬방울이 수정처럼 흩뿌려졌지.

저녁 아래, 반짝이는 보석이

이파리와 가느다란 줄기에 매달려 있고.

이제 풀 속에 많은 웅덩이가 있지,

무한히 작고 차가운.

거기서 작은 얼굴들이 응시하며 웃네,

주위에 반사된 유리 같은 별들의 파편을 보면서,

혹은 상상 못한 연약한 단지에서

보름달의 이 진수를

벌컥벌컥 마시며.

어쩌면 한낮 내내 춤추고 목이 말라서.

타브로벨은 일찍이 톨킨이 구상한 신화에서 요정들의 고향으로 등장하지만 이 시와 '실마릴리온'의 관계는 그 제목 이상으로 확대되지 않는다.

결국에 「뮬립」의 생물들과 마찬가지로 린팁은 정의될 수 없고 어느 정도 이상으로는 묘사될 수도 없으며, 톨킨의 설명이 없기 때문에 '그들이 무엇을 하는지 혹은 무엇인지'

를 말할 수 없다. 또한 린팁이라는 명칭의 어원을 영어나 톨킨이 창안한 언어에서 (1연 끝부분에 나오는 '요정의 땅'이라는 단어에 고무되어 탐색하더라도) 찾았다고 만족스럽게 동의할 수 없었다. 어쩌면 톨킨은 별다른 이유 없이 즐거움을 느꼈기 때문에 린팁이라는 단어를 선택했을 수 있다. 과거에 (그가 에세이 「은밀한 악덕」에서 사적인 언어의 창안에 관해 썼듯이) lint의 음을 '재빠른, 교묘한, 민첩한'의 의미와 결합시키며 즐거워했듯이 말이다(『괴물과 비평가와 다른 에세이』, 205쪽).

참고문헌

타 도서에 인용된 내용을 포함하여 이제껏 출간된 톨킨의 시들은 『톰
봄바딜의 모험과 붉은책의 다른 시들』(1962)에 실린 것들을 제외하고
모두 다음 출처에서 취했음을 밝힌다.

The Adventures of Tom Bombadil. Oxford Magazine (Oxford) 52,
    no. 13 (15 February 1934), p. 464~465.

The Cat and the Fiddle. Yorkshire Poetry (Leeds) 2, no. 19
    (October~November 1924), p. 1~3.

Errantry. Oxford Magazine (Oxford) 52, no. 5 (9 November 1933), p.
    180.

An Evening in Tavrobel. Leeds University Verse 1914-24. Comp.
    and ed. the English School Association. Leeds: At the Swan
    Press, 1924. p. 56.

Fastitocalon. Stapeldon Magazine (Exeter College, Oxford) 7, no. 40 (June 1927), p. 123~125.

Firiel. Chronicle of the Convents of the Sacred Heart (Roehampton), no. 4 (1934), p. 30~32.

Iumbo, or ye Kinde of ye Oliphaunt. Stapeldon Magazine (Exeter College, Oxford) 7, no. 40 (June 1927), p. 125~127.

Iúmonna Gold Galdre Bewunden. The Gryphon (Leeds), new series 4, no. 4 (January 1923), p. 130.

Iumonna Gold Galdre Bewunden. Oxford Magazine (Oxford) 55, no. 15 (4 March 1937), p. 473.

Knocking at the Door. Oxford Magazine (Oxford) 55, no. 13 (18 February 1937), p. 403.

Looney. Oxford Magazine (Oxford) 52, no. 9 (18 January 1934), p. 340.

Once upon a Time. Winter's Tales for Children 1. Ed. Caroline Hillier. Illustrated by Hugh Marshall. London: Macmillan; New York: St Martin's Press, 1965. p. 44~45

Princess Ní. Leeds University Verse 1914-24. Comp. and ed. the English School Association. Leeds: Swan Press, 1924. p. 58.

The Root of the Boot. Songs for the Philologists. London: Privately printed in the Department of English at University

College, 1936. p. 20~21.

The Shadow Man. The 'Annual' of Our Lady's School, Abingdon,
no. 12 (1936), p. 9.

Why the Man in the Moon Came Down Too Soon. A Northern
Venture: Verses by Members of the Leeds University English
School Association. Leeds: Swan Press, 1923. p. 17~19.

「봄바딜이 뱃놀이 가다」와 「페리 더 윙클」 및 「고양이」는 이전에 출간된 적이 없으며 「페리 더 윙클」의 전신으로 소개된 「범퍼스」는 크리스토퍼 톨킨이 제공한 수기 원고에서 곧바로 옮긴 것이다. 그밖에 (「튤립」이 된) 「문을 두드리며」는 크리스토퍼 톨킨이 손을 본 수기 및 타자 원고를 참조했고 다른 자료들은 옥스퍼드대학교 보들리언 도서관의 톨킨 기록 보관소 및 현재 하퍼콜린스가 소유한 톨킨과 조지 앨런 앤드 언윈 사 간의 서간 기록 보관소를 출처로 삼았다. 앨런 앤드 언윈 출판사 문서에서 인용한 부분이 이미 출판된 『J.R.R. 톨킨의 편지들』 또는 『J.R.R. 톨킨 안내서와 길잡이』에 담겨 있는 경우에는 두 서적 역시 출처로 기재하였다. 그 밖에 참조한 다른 책들은 다음과 같다.

Anderson, Douglas A. 'The Mystery of Lintips'. *Tolkien and*
Fantasy (blog), 22 July 2013. http://tolkienandfantasy. blogspot.

com/2013/07/the-mystery-of-lintips.html.

Beare, Rhona. 'The Trumpets of Dawn'. Typescript of unpublished lecture.

Carpenter, Humphrey. *J.R.R. Tolkien: A Biography*. London: George Allen & Unwin, 1977.

Christie's. *20th Century Books and Manuscripts*. Auction catalogue. London (St James's), 2 December 2003.

Clark, Willene B. *A Medieval Book of Beasts: The Second-Family Bestiary*. Woodbridge, Suffolk: Boydell Press, 2006.

Coward, T.A. *The Birds of the British Isles and Their Eggs*. 5th edn. London: Frederick Warne, 1936.

Derrick, Christopher. 'From an Antique Land'. *The Tablet*, 15 December 1962, p. 1227.

Duggan, Alfred. 'Middle Earth Verse'. *Times Literary Supplement*, 23 November 1962, p. 892.

Eilmann, Julian, and Allan Turner. *Tolkien's Poetry*. Zurich: Walking Tree Publishers, 2013. 수록된 에세이 중 세 편은 「방랑」, 「보물 창고」, 「달나라 사람이 너무 일찍 내려왔다네」, 「바다의 종」과 다양하게 관련된다.

Ekwall, Eilert. *The Concise Oxford Dictionary of English Place-names*. 4th edn. Oxford: Clarendon Press, 1960.

Fisher, Jason. 'The Origins of Tolkien's "Errantry"' (parts 1 and 2). *Lingwë: Musings of a Fish* (blog), 25 September and 1 October 2008. http://lingwe.blogspot.com/2008/09/origins-of-tolkiens-errantry-part-1.html,http://lingwe.blogspot.com/2008/10/origins-of-tolkiens-errantry-part-2.html.

Flieger, Verlyn. *A Question of Time: J.R.R. Tolkien's Road to Faërie.* Kent, Ohio: Kent State University Press, 1997.

Flieger, Verlyn. *Splintered Light: Logos and Language in Tolkien's World.* Rev. edn. Kent, Ohio: Kent State University Press, 2002.

Gilliver, Peter M., Jeremy Marshall, and Edmund Weiner. *The Ring of Words: Tolkien and the* Oxford English Dictionary. Oxford: Oxford University Press, 2006.

Hammond, Wayne G. *J.R.R. Tolkien: A Descriptive Bibliography.* With the assistance of Douglas A. Anderson. Winchester: St Paul's Bibliographies; New Castle, Delaware: Oak Knoll Books, 1993.

Hammond, Wayne G. and Christina Scull. *J.R.R. Tolkien: Artist and Illustrator.* London: HarperCollins, 1995.

Hammond, Wayne G. and Christina Scull. *The Lord of the Rings: A Reader's Companion.* London: HarperCollins, 2005.

Helms, Randel. *Tolkien's World.* Boston: Houghton Mifflin, 1974.

Hiley, Margaret, and Frank Weinreich, eds. *Tolkien's Shorter Works: Proceedings of the 4th Seminar of the Deutsche Tolkien Gesellschaft & Walking Tree Publishers Decennial Conference.* Zurich: Walking Tree Publishers, 2008. 몇몇 수록 에세이들은 『봄바딜』의 시들, 특히 「바다의 종」과 관련된다.

Honegger, Thomas. 'The Man in the Moon: Structural Depth in Tolkien'. In *Root and Branch: Approaches towards Understanding Tolkien.* Ed. Thomas Honegger. Zurich: Walking Tree Publishers, 1999. p. 9~76.

Johnston, George Burke. 'The Poetry of J.R.R. Tolkien'. *Mankato State University Studies* 2, no. 1 (February 1967), p. 63~75.

Kocher, Paul H. *Master of Middle-earth: The Fiction of J.R.R. Tolkien.* Boston: Houghton Mifflin, 1972.

MacDonald, George. *At the Back of the North Wind.* 1870; rpt. London: J.M. Dent & Sons, 1956.

MacKillop, James. *Dictionary of Celtic Mythology.* Oxford: Oxford University Press, 1998.

O'Donaghue, Denis. *Lives and Legends of Saint Brendan the Voyager.* Felinfach: Llanerch Publishers, 1994. Facsimile of the edn. first published at Dublin, 1893.

Opie, Iona, and Peter Opie. *The Lore and Language of*

Schoolchildren. Oxford: Oxford University Press, 1959.

Opie, Iona, and Peter Opie. *The Oxford Dictionary of Nursery Rhymes*. New edn. Oxford: Oxford University Press, 1997.

Rateliff, John D. *The History of The Hobbit*. London: HarperCollins, 2007. 2 vols.

Rateliff, John D. 'J.R.R. Tolkien: Sir Topas Revisited'. *Notes and Queries* 29, no. 4 (August 1982), p. 348.

Rateliff, John D. 'The New Arrival: *Winter's Tales for Children*'. *Sacnoth's Scriptorium* (blog), 13 July 2009. http://sacnoths. blogspot.com/2009/07/new-arrival-winters-tales-for-children. html.

Scull, Christina. 'Tom Bombadil and *The Lord of the Rings*'. *Leaves from the Tree: J.R.R. Tolkien's Shorter Fiction*. London: Tolkien Society, 1991. p. 73~77.

Scull, Christina and Wayne G. Hammond. *The J.R.R. Tolkien Companion and Guide*. London: HarperCollins, 2006. 2 vols.: *Chronology, Reader's Guide*.

Shippey, Tom. *The Road to Middle-earth*. Rev. and expanded edn. London: HarperCollins, 2005.

Shippey, Tom. 'The Versions of "The Hoard"'. *Roots and Branches: Selected Papers on Tolkien*. Zollikofen: Walking Tree

Publishers, 2007. p. 341~349.

Michael Silverman. *Manuscripts, Autograph Letters & Historical Documents:* Recent Acquisitions. London, 1995.

Simpson, Jacqueline, and Steve Roud. *A Dictionary of English Folklore.* Oxford: Oxford University Press, 2000.

Smith, A.H. *English Place-name Elements.* Cambridge: Cambridge University Press, 1956. 2 vols.

Sotheby's. *English Literature and English History.* Auction catalogue. London, 6~7 December 1984.

Swank, Kris. 'Tom Bombadil's Last Song: Tolkien's "Once upon a Time"'. *Tolkien Studies* 10 (2013), p. 185~197.

Thwaite, Anthony. 'Hobbitry'. *The Listener,* 22 November 1962, p. 831.

Tolkien, J.R.R. *The Adventures of Tom Bombadil and Other Verses from the Red Book.* London: George Allen & Unwin, 1962. 시의 순서가 개정된 2쇄 또한 1962년에 출간되었다.

Tolkien, J.R.R. *The Annotated Hobbit.* Rev. and expanded edn. Annotated by Douglas A. Anderson. Boston: Houghton Mifflin, 2002.

Tolkien, J.R.R. *Beowulf and the Critics.* Rev. 2nd edn. Ed. Michael D.C. Drout. Tempe, Arizona: Arizona Center for Medieval and

Renaissance Studies, 2011.

Tolkien, J.R.R. *The Book of Lost Tales, Part One.* Ed. Christopher Tolkien. London: George Allen & Unwin, 1983.

Tolkien, J.R.R. *Farmer Giles of Ham.* London: George Allen & Unwin, 1949.

Tolkien, J.R.R. *The J.R.R. Tolkien Audio Collection.* London: HarperCollins, 2001.

Tolkien, J.R.R. *J.R.R. Tolkien Reads and Sings His The Hobbit and The Fellowship of the Ring.* New York: Caedmon Records, 1975.

Tolkien, J.R.R. *J.R.R. Tolkien Reads and Sings His The Lord of the Rings: The Two Towers/The Return of the King.* New York: Caedmon Records, 1975.

Tolkien, J.R.R. *The Lays of Beleriand.* Ed. Christopher Tolkien. London: George Allen & Unwin, 1985.

Tolkien, J.R.R. *The Legend of Sigurd and Gudrún.* Ed. Christopher Tolkien. London: HarperCollins, 2009.

Tolkien, J.R.R. *Letters from Father Christmas.* Ed. Baillie Tolkien. London: HarperCollins, 1999.

Tolkien, J.R.R. *Letters of J.R.R. Tolkien.* Ed. Humphrey Carpenter, with the assistance of Christopher Tolkien. London:

HarperCollins, 2000.

Tolkien, J.R.R. *The Lord of the Rings*. 50th anniversary edn. London: HarperCollins, 2005.

Tolkien, J.R.R. *The Lost Road and Other Writings: Language and Legend before 'The Lord of the Rings'*. Ed. Christopher Tolkien. London: Unwin Hyman, 1987.

Tolkien, J.R.R. *The Monsters and the Critics and Other Essays*. Ed. Christopher Tolkien. London: George Allen & Unwin, 1983. Includes *On Fairy-Stories and A Secret Vice,* etc.

Tolkien, J.R.R. *Morgoth's Ring: The Later Silmarillion, Part One: The Legends of Aman*. Ed. Christopher Tolkien. London: HarperCollins, 1993.

Tolkien, J.R.R. *Pictures by J.R.R. Tolkien*. Foreword and notes by Christopher Tolkien. London: George Allen & Unwin, 1979.

Tolkien, J.R.R. *Poems and Songs of Middle Earth*. New York: Caedmon Records, 1967. 톨킨이 읽은 『봄바딜』 시집과 도널드 스윈의 노래 모음 『길은 계속 이어지네』 녹음.

Tolkien, J.R.R. *Poems and Stories*. Illustrated by Pauline Baynes. London: George Allen & Unwin, 1980.

Tolkien, J.R.R. *The Qenya Alphabet*. Ed. Arden R. Smith. *Parma Eldalamberon* 20. Mountain View, California: Parma

Eldalamberon, 2012. '요정' 문자로 쓰인 「톰 봄바딜의 모험」과 「방랑」 발췌본에 대한 분석을 포함함.

Tolkien, J.R.R. *The Return of the Shadow: The History of The Lord of the Rings, Part One.* Ed. Christopher Tolkien. London: Unwin Hyman, 1988.

Tolkien, J.R.R. *The Rivers and Beacon-hills of Gondor.* Ed. Carl F. Hostetter, with additional commentary by Christopher Tolkien. *Vinyar Tengwar* 42 (July 2001), p. 5~34.

Tolkien, J.R.R. *The Road Goes Ever On: A Song Cycle.* Music by Donald Swann. Boston: Houghton Mifflin, 1967.

Tolkien, J.R.R. *Roverandom.* Ed. Christina Scull and Wayne G. Hammond. London: HarperCollins, 1998.

Tolkien, J.R.R. *A Secret Vice. In The Monsters and the Critics and Other Essays.* Ed. Christopher Tolkien. London: George Allen & Unwin, 1983. p. 198~223.

Tolkien, J.R.R. *The Shaping of Middle-earth: The Quenta, the Ambarkanta and the Annals.* Ed. Christopher Tolkien. London: George Allen & Unwin, 1986.

Tolkien, J.R.R. *The Silmarillion.* Ed. Christopher Tolkien. London: George Allen & Unwin, 1977.

Tolkien, J.R.R. *Tales from the Perilous Realm.* London:

HarperCollins, 1997.

Tolkien, J.R.R. *The Treason of Isengard.* Ed. Christopher Tolkien. London: Unwin Hyman, 1989.

Tolkien, J.R.R. *Unfinished Tales of Númenor and Middle-earth.* Ed. Christopher Tolkien. London: George Allen & Unwin, 1980.

White, T.H. *The Bestiary: A Book of Beasts.* New York: Capricorn Books, 1960.

옮긴이 소개

이미애

현대 영국 소설 전공으로 서울대학교 영문학과에서 박사 학위를 받았고 동 대학교에서 강사와 연구원으로 활동했다. 조지프 콘래드, 존 파울즈, 제인 오스틴, 카리브 지역의 영어권 작가들에 대한 논문을 썼다. 옮긴 책으로 버지니아 울프의 『자기만의 방』, 『등대로』, 제인 오스틴의 『엠마』, 『설득』, 조지 엘리엇의 『아담 비드』, 『미들마치』, J.R.R. 톨킨의 『호빗』, 『반지의 제왕』, 『위험천만 왕국 이야기』, 『톨킨의 그림들』, 캐서린 맥일웨인의 『J.R.R.톨킨: 가운데땅의 창조자』, 토머스 모어의 서한집 『영원과 하루』, 리처드 앨틱의 『빅토리아 시대의 사람들과 사상』 등이 있다.

톰 봄바딜의 모험

1판 1쇄 인쇄 2025년 2월 26일
1판 1쇄 발행 2025년 3월 26일

지은이 | J.R.R. 톨킨
옮긴이 | 이미애
펴낸이 | 김영곤
펴낸곳 | (주)북이십일 아르테

책임편집 | 원보람 **문학팀장** | 김지연
교정교열 | 박은경 권구훈 김원종 **표지** | 김단아 **본문** | 박숙희
해외기획팀 | 최연순 소은선 홍희정
출판마케팅팀 | 남정한 나은경 최명열 한경화 권채영
영업팀 | 변유경 한충희 장철용 강경남 황성진 김도연
제작팀 | 이영민 권경민

출판등록 | 2000년 5월 6일 제406-2003-061호
주소 | (우10881) 경기도 파주시 회동길 201(문발동)
대표전화 | 031-955-2100 **팩스** | 031-955-2151
이메일 | book21@book21.co.kr

ISBN 979-11-7357-006-3 04840
     979-11-7357-004-9 (세트)